CW01151285

COLLECTION FOLIO

Joël Egloff

J'enquête

Gallimard

© *Libella, Paris, 2016.*

Joël Egloff est né en 1970, en Moselle. Après des études de cinéma, il exerce différentes activités dans l'audiovisuel, puis se consacre entièrement à l'écriture.

Son premier roman, *« Edmond Ganglion & fils »*, remarqué par la presse, a reçu le prix Alain-Fournier 1999. Depuis, il a publié *Les Ensoleillés* (2000), *Ce que je fais là assis par terre* (2003), Grand Prix de l'Humour noir, *L'étourdissement* (2005), récompensé par le prix du Livre Inter), *L'homme que l'on prenait pour un autre* (2008), *Libellules* (2012), Grand Prix SGDL de la nouvelle, et *J'enquête* (2016). La plupart de ses livres sont traduits dans plusieurs langues.

Aujourd'hui, il est également scénariste et a notamment travaillé à l'adaptation pour l'écran de son premier roman, sortie en 2017 sous le titre de *Grand froid*.

À la gare, personne.

J'ai posé mon sac à mes pieds et j'ai regardé autour de moi. Comme j'avais demandé qu'on soit discret, qu'ils ne viennent pas m'accueillir, surtout, avec mon nom inscrit en grand sur un carton qu'ils brandiraient aux yeux de tous, j'ai pensé qu'ils se tenaient peut-être un peu à l'écart et n'apparaîtraient qu'une fois l'endroit redevenu désert.

Mais ce ne fut pas le cas.

J'ai ramassé mon sac, j'ai fait quelques pas dans le petit hall, puis je suis sorti pour m'assurer qu'ils n'étaient pas en train de m'attendre dehors.

La nuit tombait déjà. Sous la neige, les dernières voitures quittaient le parking sans bruit. Il y en avait une qui stationnait, là-bas, le long du trottoir, occupée par deux personnes dont je ne distinguais que les silhouettes, à cause des reflets du réverbère sur le pare-brise. Pensant qu'il pouvait s'agir de mes clients, j'ai attendu un moment à la même place qu'ils remarquent ma présence, et, comme ils tardaient à réagir, j'ai fini par esquisser un signe de la main pour attirer leur attention. C'est alors que la voiture a démarré, en patinant, et s'est avancée lentement vers moi.

Persuadé qu'ils allaient s'arrêter à ma hauteur, je me suis approché du bord du trottoir, mais ils me sont passés sous le nez, et je suis resté là, hébété, à les suivre du regard jusqu'à ce qu'ils s'engagent sur la route et disparaissent au loin.

J'ai soufflé sur mes doigts engourdis et, soudain, me suis rendu compte que j'avais oublié mes gants dans le train, et mon bonnet également, dans lequel, justement, j'avais pris soin de mettre mes gants pour éviter de les perdre.

J'ai patienté encore un peu, en faisant les cent pas sur le trottoir, puis me suis décidé à retourner dans la gare pour attendre au chaud.

J'étais maintenant seul dans le hall. L'unique guichet venait de fermer. Je me suis assis sur un banc.

De mon déjeuner, que j'avais pris en attendant ma correspondance, il me restait un œuf dur que j'ai sorti de mon sac. J'en ai brisé la coquille sur l'accoudoir en métal, l'ai écalé avec soin au-dessus du sachet en papier duquel je l'avais tiré, et l'ai mangé en feuilletant un vieux journal qui traînait à côté de moi sur le banc.

Au bout de quelques longues minutes, je me suis étonné qu'ils ne m'aient pas appelé pour me prévenir de leur retard. J'ai tenté de les joindre, mais ils n'ont pas répondu.

J'ai réglé ma montre sur l'horloge de la gare, et comme ils n'arrivaient toujours pas, j'en ai profité pour téléphoner chez moi, pour dire que j'avais fait bon voyage, qu'il y avait beaucoup de neige, ici, qu'il faisait très froid, que j'attendais qu'ils viennent me chercher, maintenant, qu'ils avaient du retard, et que... tiens, justement, j'aperçois des phares, au-dehors. Une voiture se gare. Les voilà enfin.

Une fois les présentations faites, et après qu'ils se furent longuement excusés de leur retard, dû aux conditions de circulation exécrables, nous avons quitté la gare et nous sommes dirigés vers la voiture du sacristain. C'était une petite voiture deux portes, hors d'âge, et dont l'excellent état indiquait qu'elle ne devait probablement servir que le dimanche.

Bien que le père Steiger me l'ait proposé avec insistance, j'ai refusé qu'il me cède sa place à l'avant, et, malgré nos tentatives pour faire basculer le siège, il a fallu que le sacristain nous vienne en aide pour que nous y parvenions enfin. J'ai jeté mon sac sur la banquette et j'ai grimpé à l'arrière. Le prêtre s'est assuré que je n'étais pas trop à l'étroit, il a remis le siège en place et s'est installé devant moi.

Le sacristain a mis le contact, les essuie-glaces ont balayé la neige qui avait déjà recouvert le pare-brise et nous avons démarré.

Ce n'est qu'après que nous eûmes franchi la

petite montée qui menait du parking à la route que le sacristain a semblé se détendre et nous a confié combien il se félicitait de posséder une voiture qui tenait aussi bien la route dans de telles conditions, et pour rien au monde il ne l'aurait échangée contre une de ces grosses berlines à propulsion qui, sur la neige, se comportent comme des savonnettes. C'était une voiture d'une fiabilité hors pair, pas une seule panne en plus de quinze ans, rien que de l'entretien courant. À tout point de vue, il n'avait à en faire que des éloges, et comme elle avait à peine cinquante mille kilomètres au compteur, par bonheur, le jour où il devrait s'en défaire n'était pas encore venu, et peut-être même, a-t-il plaisanté, qu'au bout du compte c'est elle qui se déferait de lui.

Comprimées contre le siège avant, mes jambes s'engourdissaient peu à peu. J'ai cherché, non sans mal, une position plus confortable et, ayant senti le mouvement de mes genoux contre son dossier, le prêtre s'est retourné pour me dire que la ville n'était qu'à quelques kilomètres, heureusement, et que nous n'en aurions pas pour longtemps. Par politesse, je lui ai répondu de ne pas s'en faire, que j'avais suffisamment de place, ce qui a semblé plaire au sacristain qui a ajouté que c'était effectivement une voiture bien plus spacieuse qu'on ne pouvait le penser à première vue, et que je n'étais pas le premier à lui en faire la remarque.

Je commençais à me demander s'ils avaient oublié le motif de ma présence, lorsque, enfin, nous en sommes venus au sujet qui nous préoccupait. Voulez-vous que nous passions d'abord à votre hôtel ou que nous nous rendions sur place tout de suite ? m'a demandé le père Steiger. Comme cela vous arrange, j'ai répondu. Qu'en pensez-vous, Beck ? a fait le prêtre au sacristain. Celui-ci a haussé les épaules, indifférent. Dans ce cas, allons d'abord voir sur place, j'ai tranché. Très bien, a dit le père Steiger, et nous vous conduirons à votre hôtel ensuite. De toute manière, tout est dans le même coin, a fait le sacristain. C'est juste, a reconnu le prêtre. Vous verrez, a-t-il ajouté à mon intention, c'est une petite ville tranquille. « C'était » une petite ville tranquille, a rétorqué le sacristain, cinglant. Allons, Beck, a fait le père Steiger, ne nous laissons pas aller à l'amertume, ni au pessimisme, ce sont des sentiments que le diable nous inspire, et c'est sans nul doute ce que recherchent celui ou ceux qui ont commis un tel acte. Puis il s'est retourné vers moi pour me prendre à témoin. Voyez vous-même comme cela nous atteint, a-t-il déploré. Et il m'a répété ce qu'il m'avait déjà expliqué au téléphone, la veille, que c'était la troisième année que cela se produisait, que c'était une fois de trop, et qu'il ne tolérerait pas que le désarroi, la colère, et même la suspicion divisent leur communauté, et c'est pourquoi ils avaient fait appel à moi et me remerciaient infiniment d'avoir accepté de leur venir en aide. J'ai répondu qu'ils n'avaient pas à me remercier, que je ne faisais que mon métier et, non sans arrière-pensée, habilement, j'ai ajouté que j'étais payé pour ça, ce qui n'a pas manqué de provoquer la réaction que j'espérais. À ce propos… m'a fait le prêtre, en se penchant en avant pour se saisir de sa serviette, à ses pieds, qu'il a ouverte et dans laquelle il s'est mis à chercher, d'abord méthodiquement, puis avec des gestes de plus en plus nerveux et saccadés, avant d'en vider le contenu sur ses genoux : trois chemises cartonnées, débordant de papiers manuscrits, un chapelet, quelques revues liturgiques, un missel et un journal. Mais ce qu'il y cherchait, en revanche, n'y était pas. Je suis vraiment désolé, m'a-t-il dit. Qu'y a-t-il ? ai-je demandé, en me penchant vers lui et en feignant de ne pas avoir compris de quoi il retournait. Votre enveloppe, pour votre avance, j'étais pourtant sûr de l'avoir prise avec moi. Ce n'est pas bien grave, lui ai-je répondu, tout en pensant exactement le contraire. C'est embêtant, tout de même, a-t-il marmonné. Puis il s'est mis à réfléchir, en fixant un long moment la neige qui tourbillonnait dans la lumière des phares. Je crois m'en souvenir, a-t-il fait, soudain, en s'adressant au sacristain. J'ai dû la laisser sur mon bureau, juste avant de sortir, j'en suis presque sûr. Faites-moi penser, Beck, à passer au presbytère avant d'aller à l'hôtel, j'aimerais en avoir le cœur net. Le sacristain a acquiescé d'un hochement de tête, sans quitter la route des yeux. Je tiens à ce que ce soit réglé ce soir, comme prévu, a encore ajouté le prêtre. Comme vous voudrez, j'ai répondu. Puis il s'est mis à ranger ses affaires dans sa serviette et, au moment où il allait y remettre son journal, il a interrompu son geste et me l'a tendu par-dessus son épaule. Regardez, en première page, m'a-t-il dit. J'ai pris le journal, l'ai déplié, et suis tombé sur l'article illustré d'une grande photo, que j'ai pris le temps de lire bien attentivement. Je vois… j'ai fait, ensuite, d'un ton grave, en repliant le journal. Vous voyez ?! s'est étonné le père Steiger. Vous voulez dire que vous avez peut-être déjà une idée ? Pardon ? j'ai demandé, de peur d'avoir bien compris. Non, bien sûr que non, ai-je poursuivi, c'est bien trop tôt. Quand je dis « je vois », c'est pour dire que je vois qu'il va y avoir du pain sur la planche, que je saisis toute l'importance de l'affaire, mais je ne vois rien de plus pour l'instant. Bien sûr, c'est évident, excusez-moi, a bredouillé le prêtre, confus, tout en ayant pourtant du mal à masquer sa déception. Mais rassurez-vous, ai-je ajouté, je suis très confiant. Et d'ici quelques jours, nous devrions sûrement y voir plus clair. Prenez le temps qu'il faudra, m'a-t-il répondu. Ce qui nous importe, c'est le résultat.

J'ai alors voulu lui rendre son journal, mais il m'a dit que je pouvais le garder. Je l'ai remercié et l'ai glissé dans mon sac. Puis j'ai détaché ma ceinture et me suis déplacé au centre de la banquette. J'ai sorti mon carnet de l'une des poches intérieures de mon manteau et me suis penché en avant, en passant la tête entre leurs sièges. Si ce que je viens de lire est exact, ai-je alors demandé au sacristain, après m'être éclairci la voix, c'est donc vous, monsieur Beck, qui avez découvert le vol ? Il a froncé les sourcils. Le vol ?... a-t-il répété, déconcerté, en se tournant vers le prêtre, comme s'il avait besoin que celui-ci lui traduise mes paroles. Vous voulez dire l'« enlèvement », m'a fait le père Steiger, en cherchant mon regard dans le rétroviseur.

À l'allure à laquelle nous roulions, la route me semblait déjà interminable, lorsque, arrivés à un carrefour, déplorant que les services de déneigement, ici non plus, n'aient pas encore œuvré, le sacristain nous a fait savoir qu'il préférait faire un détour pour éviter une côte qu'il craignait de ne pouvoir monter dans ces conditions.

Le père Steiger a approuvé son initiative et nous avons donc modifié notre itinéraire et traversé une succession de villages dont je n'ai vu que les enfilades d'étoiles accrochées aux lampadaires, et ces maisons, parfois, qui jaillissaient de l'obscurité, enguirlandées et clignotantes, des plates-bandes du jardin jusqu'au sommet du toit.

Devant l'une d'entre elles, sur le trottoir, un homme peinait en poussant une pelle à neige. Tiens donc... a marmonné le sacristain, alors que nous passions à sa hauteur, avant de lui adresser deux petits coups de klaxon. L'homme s'est redressé et, le temps de rajuster ses lunettes sous son passe-montagne, je l'ai vu, en me retournant, qui répondait d'un signe de la main.

Le sacristain lui a encore jeté un dernier regard dans le rétroviseur, puis nous a précisé qu'il s'agissait de son cousin, un sombre crétin, a-t-il ajouté, sans plus d'explication, ce qui fut dit avec une telle conviction que nous nous en sommes contentés.

Un peu plus loin, comme les essuie-glaces s'étaient mis à couiner et que cela me devenait pénible, je me suis permis de faire remarquer qu'il avait cessé de neiger. Le sacristain a actionné une manette, les balais ont stoppé leur va-et-vient, et c'est alors qu'il nous a fait part de son intention de contourner le prochain village afin d'éviter, à sa sortie, une descente à fort pourcentage qui finissait par un virage en épingle des plus redoutables lorsque la route était glissante. Le père Steiger l'a encouragé à la prudence, si bien que nous avons ajouté un détour au détour, qui ne devrait nous prendre que quelques minutes supplémentaires, m'ont-ils assuré.

J'en ai profité pour leur poser une question qui me trottait dans la tête depuis le premier échange que j'avais eu au téléphone avec le prêtre. J'ai trouvé que le moment était approprié et me suis lancé. Je peux vous demander comment vous avez entendu parler de moi ? j'ai fait. Je suppose que c'est par un de mes anciens clients, ai-je ajouté encore, et par leur réponse, j'espérais bien qu'ils me confirmeraient ce à quoi, par modestie, je me refusais à croire, à savoir que je commençais à me forger une certaine réputation qui s'étendait maintenant bien au-delà des frontières de mon territoire. Le père Steiger s'est alors tourné vers le sacristain, comme s'il s'apprêtait à parler sous son contrôle. Eh bien, non, a-t-il dit d'une voix hésitante, je dois vous avouer que c'est un peu par hasard, en cherchant dans l'annuaire, tout simplement. En fait, je crois bien que c'est votre nom qui nous a inspiré confiance. C'est ça, oui, a confirmé le sacristain, avant d'ajouter qu'ils n'avaient d'ailleurs trouvé personne de disponible plus près d'ici, ou qui ait voulu s'embarrasser d'une telle affaire. Le père Steiger a semblé gêné à mon égard par ces précisions inutiles et, comme pour tenter de rattraper un peu la maladresse du sacristain, il lui a rappelé qu'il y en avait un, tout de même, qui avait accepté. C'est vrai, a reconnu le sacristain, mais vous étiez presque deux fois moins cher que lui, m'a-t-il dit en se retournant brièvement vers moi, alors ça n'a pas fait un pli. Ce qui est tout à votre honneur, a ajouté le prêtre. Je me suis efforcé de ne rien laisser paraître de ma vexation. J'ai même réussi à esquisser un sourire crispé. Puis je me suis glissé sur le côté et j'ai repris ma place derrière le prêtre.

Est-ce qu'il serait possible de monter un peu le chauffage ? j'ai demandé alors au sacristain. Il a posé ses doigts sur un curseur qu'il a poussé vers la droite. Merci, j'ai fait. Et puis j'ai regardé audehors et n'ai plus rien dit. Il est urgent que je songe à réviser mes tarifs à la hausse, ai-je pensé. Il en allait de ma crédibilité.

À la sortie d'un rond-point, nous nous sommes retrouvés derrière un véhicule de déneigement que le sacristain a préféré ne pas dépasser, à cause des projections de sel, notamment, qui risquaient de lui abîmer la carrosserie, nous a-t-il expliqué. Le père Steiger a dit que c'était préférable, effectivement, et nous avons donc roulé ainsi, au pas, dans son sillage, un long moment, jusqu'à ce qu'à un carrefour l'engin bifurque et poursuive sur une autre route.

Au même moment, pour la première fois, j'ai aperçu un panneau qui indiquait notre destination. Nous y sommes presque, m'a annoncé le père Steiger.

Nous y voilà ! a fait le sacristain, triomphant, tandis que nous arrivions sur la place de l'église, jolie petite place bordée de maisons à colombages. Église en grès rose, néogothique, a fait le père Steiger, avec transept et chœur polygonal. Très bel orgue Roethinger, a ajouté le sacristain. Vierge en pierre du XVe et vitraux tout à fait remarquables, a renchéri le prêtre, pendant que monsieur Beck peinait à se garer, en marche arrière et en bataille, entre deux véhicules, en face de l'imposant édifice, cependant un peu trop dans la lumière à mon goût, juste sous un lampadaire, et devant ce bar-tabac encore ouvert. Aussi, avant qu'il s'y reprenne pour la troisième fois et finisse par y parvenir, je lui ai demandé si cela l'embêtait de choisir un autre emplacement, plus discret que celui-ci, un peu plus à l'écart, et me suis permis de lui indiquer ce petit parking sombre, de l'autre côté de la place, que j'avais repéré en arrivant. Nous serons mieux là-bas, vous avez raison, a fait le père

Steiger. Le sacristain n'a rien dit, mais je l'ai senti bien soulagé de pouvoir mettre un terme à ses manœuvres. Il a remis la marche avant et nous nous sommes rendus à l'endroit que je lui avais indiqué, où il s'est garé sans peine.

D'ici, on voyait parfaitement la crèche, installée sous un grand sapin, contre le mur de l'église, au pied des quelques marches qui menaient à la porte d'entrée. Le sacristain a serré le frein à main et a coupé le contact. J'ai demandé si on avait bien pris soin de ne toucher à rien depuis le vol. Vous voulez dire l'enlèvement? m'a repris, une nouvelle fois, le père Steiger. Oui, c'est ce que je voulais dire, ai-je répondu. Non, à ma connaissance, personne n'a touché à rien, n'est-ce pas, Beck? a-t-il fait, en se tournant vers le sacristain. Absolument, a-t-il confirmé, tout est resté exactement comme je l'ai trouvé. Très bien, j'ai dit. Je vais aller voir ça de plus près, alors.

Le prêtre est descendu du véhicule, puis m'a aidé à faire basculer le siège afin que je puisse sortir à mon tour, mais cette fois encore, nous n'y sommes parvenus qu'après l'intervention du sacristain qui, en même temps qu'il actionnait un petit levier placé sur le côté du siège, exerçait une brève pression de la main contre le dossier, tout en nous expliquant qu'une fois qu'on avait le coup de main c'était un jeu d'enfant.

À peine avais-je posé un pied par terre que ma jambe engourdie s'est soudainement dérobée, et si je n'avais pas pu m'agripper à la portière, je me serais étalé à coup sûr. Puis, tout de suite après, ce fut comme si des milliers de fourmis de la pire espèce s'étaient mises à me dévorer les pieds et les mollets, m'obligeant à sautiller autour de la voiture en poussant de petits cris entre mes dents, jusqu'à ce que le sang circule de nouveau dans ma jambe et que j'en recouvre peu à peu l'usage. Tout va bien ? m'a demandé le prêtre, alors que j'achevais ma petite danse. Je l'ai rassuré et me suis rapproché de lui en boitillant encore un peu.

Le sacristain a verrouillé les portières, et, comprenant que tous deux s'apprêtaient à m'accompagner, j'ai dû leur expliquer que je préférais y aller seul et qu'il était important d'éviter qu'on nous voie ensemble, afin que je puisse préserver au mieux mon anonymat et mener ainsi mon enquête dans les meilleures conditions. Bien sûr, a fait le père Steiger, c'est évident. Le sacristain m'a semblé un peu moins convaincu. Cependant, ils ont tous deux repris place dans la voiture pour m'attendre, tandis que sous leur regard attentif je m'éloignais d'eux et traversais le parvis en direction de la crèche.

Elle était construite en rondins de bois brut et couverte d'un toit de chaume à deux pans, au sommet duquel brillait une étoile.

À l'intérieur, les personnages étaient de taille réelle, et il faut reconnaître que c'était impressionnant. Au premier plan, sur la gauche, de trois quarts dos et en file indienne, les mains chargées de présents, j'ai reconnu Gaspard, Melchior et Balthazar. De l'autre côté, sur la droite, deux hommes, côte à côte, plus sobrement vêtus et entourés de moutons, ce qui m'a permis d'en déduire qu'il s'agissait de deux bergers, ou que l'un des deux, du moins, était un berger. J'ai compté six moutons, dont deux agneaux. Je l'ai noté.

Au second plan, comme sur une scène, légèrement surélevés par rapport aux autres et mieux éclairés que les personnages du premier plan : Marie et Joseph, entre l'âne et le bœuf, tous deux à genoux, de chaque côté de la mangeoire qui occupait la place centrale et vers laquelle, naturellement, tous les regards convergeaient.

Mais dans la mangeoire, sur la paille, là où on était en droit de s'attendre à voir l'enfant, il n'y avait plus rien.

En dépit de cette tragique absence, tout paraissait pourtant relativement paisible. Aucune trace de lutte. Chaque personnage était parfaitement d'aplomb, bien à sa place, et la paille qui partout couvrait le sol n'avait pas été dérangée, ne semblait même pas avoir été foulée. Et si nous n'avions pas été le surlendemain de Noël mais la veille, rien, absolument rien n'aurait paru anormal à un quelconque observateur.

Cela nécessitait cependant une investigation un peu plus approfondie. Aussi me suis-je retourné pour m'assurer que personne n'était là, sur le parvis, à me regarder et j'ai enjambé la corde, tendue d'un côté à l'autre de la crèche pour en interdire l'accès.

J'ai fait bien attention où je posais les pieds, j'ai veillé à ne pas bousculer les personnages que j'ai pris le temps d'examiner de près, l'un après l'autre. J'ai noté, au passage, qu'ils étaient en résine, comme je l'avais pensé, ce dont je me suis assuré, simplement en grattouillant de l'ongle l'un d'entre eux.

J'ai longé les murs, j'ai cherché dans tous les recoins. J'ai fouillé la mangeoire, et par terre, tout autour, j'ai scruté le sol à quatre pattes, jusque sous l'âne et le bœuf, sans rien trouver d'intéressant. Pas l'ombre d'un indice. Mis à part, peut-être, cette petite bouloche de laine bleue que j'ai ramassée dans la paille et observée un instant, à la lumière, dans le creux de ma main. J'ai hésité à souffler dessus pour m'en débarrasser, et finalement, bien qu'elle ne présentât peut-être pas le moindre intérêt, je me suis décidé à la considérer comme un indice, d'autant que c'était le seul dont je disposais pour l'instant.

J'ai sorti mon portefeuille de mon manteau, j'ai placé avec précaution la bouloche au milieu d'un petit bout de papier que j'ai plié en deux, et je l'ai glissé dans l'un des rabats de mon portefeuille, là où j'étais bien sûr de pouvoir le retrouver facilement.

Il m'a soudain semblé qu'au loin on m'interpellait. Je me suis interrompu, j'ai tendu l'oreille, un instant, et j'en ai bien eu confirmation. Je me suis alors relevé rapidement, me suis approché de la corde et j'ai vu le sacristain, là-bas, qui se tenait juste devant sa voiture. Vous avez besoin d'aide ?! m'a-t-il crié encore, en m'apercevant. J'ai aussitôt posé mon doigt en travers de mes lèvres, pour lui faire signe de bien vouloir se taire. Je l'ai vu esquisser un geste de la main pour s'excuser et, un peu vexé, sûrement, il m'a tourné le dos avant de regagner son véhicule.

Quel abruti ! j'ai pensé, tout en époussetant à deux mains mes vêtements couverts de fétus de paille et de poussière. Et je me suis rendu compte que, dans la précipitation, j'avais fourré mon portefeuille dans l'une des poches extérieures de mon manteau. Je l'en ai ressorti pour le ranger à sa place habituelle, et, comme au même moment un doute m'a traversé l'esprit, j'en ai profité pour vérifier que le petit papier se trouvait bien là où je l'avais mis. Dans la foulée, je l'ai repris et l'ai déplié pour m'assurer que la bouloche que j'y avais placée s'y trouvait bien également.

Une fois rassuré, j'ai rangé mon portefeuille à sa place, j'ai passé mes doigts dans mes cheveux, puis j'ai enjambé la corde pour sortir de la crèche.

Je traversais le parvis pour rejoindre la voiture. J'en étais encore à une bonne dizaine de mètres lorsque les deux hommes en sont sortis pour m'accueillir, déjà suspendus à mes lèvres.

Alors ?... m'a fait le père Steiger.

Bien que l'hôtel se trouvât à deux pas, dans une rue qui donnait sur la place, ils ont tenu à m'y conduire en voiture. Et comme c'était une rue à sens unique, nous avons dû faire tout le tour du pâté de maisons pour nous y rendre.

Nous nous sommes arrêtés juste devant. C'était une vieille bâtisse étroite et tout en hauteur, à la façade rose pâle. Et il faut voir l'été, surtout, a fait le sacristain, lorsqu'il y a des géraniums à chaque fenêtre, comme c'est charmant. Alors il faudra que je revienne en été, ai-je dit, sur le ton de la plaisanterie. Et nous avons ri.

Le père Steiger m'a assuré que je serais bien, ici, et qu'en termes de rapport qualité-prix c'était ce qu'on pouvait trouver de mieux en ville, d'autant plus que les chambres avaient, paraît-il, été refaites très récemment. Même l'archiprêtre, qu'ils avaient logé ici une nuit, le mois dernier, en avait été on ne peut plus satisfait.

J'avais accepté de prendre place à l'avant, cette fois, si bien que je n'ai pas eu à attendre que le père Steiger me libère pour descendre. C'est moi, une fois dehors, qui ai tenté de rabattre le siège pour lui permettre de sortir et, malgré mon application à suivre les instructions du sacristain à la lettre, je n'y suis pas parvenu sans qu'il dût me prêter main-forte, avec de moins en moins de bonne volonté, m'a-t-il semblé. C'est pourtant simple, l'ai-je même entendu marmonner, en faisant le tour du véhicule, tandis qu'il venait à mon aide.

Avant de nous séparer, nous avons convenu que je contacterais le père Steiger chaque jour, pour faire le point. De leur côté, ils n'hésiteraient pas, non plus, à me joindre s'ils avaient la moindre information nouvelle à m'apporter. Nous nous sommes souhaité une bonne nuit et le sacristain a regagné sa place. Le père Steiger a fait de même. Il a bouclé sa ceinture, puis il m'a regardé dans les yeux et, d'un ton solennel, m'a déclaré qu'ils avaient pleinement confiance en moi. J'ai hoché la tête, façon de lui signifier à la fois que j'en étais conscient et que je les en remerciais. Il a refermé sa portière, m'a encore fait un petit signe de la main aux airs de salut papal, puis le véhicule s'est éloigné.

Ils n'étaient pas encore au bout de la rue lorsque je me suis soudain souvenu de mon avance, que nous avions oublié de passer chercher au presbytère, comme il en avait été question. Je m'en suis voulu de ne pas y avoir pensé une minute auparavant, et, dans le même temps, me suis consolé en me disant que cela n'aurait rien changé, car, de peur qu'ils pensent que j'étais dans le besoin, je n'aurais sûrement pas osé le leur rappeler.

Cependant, comme j'ai vu qu'au loin ils s'étaient arrêtés, et tardaient à s'engager sur la place, je me suis dit qu'ils venaient peut-être d'y songer en même temps que moi et s'apprêtaient à faire marche arrière. Lorsqu'ils ont redémarré, j'en ai même déduit que le sacristain avait sûrement préféré refaire le tour du pâté de maisons plutôt que de se lancer dans de périlleuses manœuvres, interdites par le code de la route, de surcroît. J'ai donc attendu cinq bonnes minutes au milieu de la rue, en faisant quelques pas en rond pour me réchauffer, et comme ils ne réapparaissaient pas, bien obligé de constater que je m'étais trompé, j'ai franchi le tas de neige gelée qui me séparait du trottoir et me suis dirigé vers l'entrée de l'hôtel.

Je m'approchais du petit guichet de la réception lorsqu'un homme, mince et chauve, a surgi d'une pièce attenante, la bouche pleine. Il s'est empressé de déglutir, avant de me lancer un «monsieur» énergique en guise de salutation. Je lui ai souhaité le bonsoir et lui ai dit que j'avais réservé une chambre. J'ai donné mon nom. Il a consulté son registre tout en se passant la langue sur les gencives, ce qu'il accompagnait de petits bruits de succion. Il m'a demandé combien de nuits je comptais rester, ce qui n'y était pas précisé. J'ai répondu que je ne le savais pas encore exactement, que cela dépendrait de mon travail, mais qu'en tout état de cause je serais reparti avant la fin de l'année. Il m'a dit que cela ne posait pas de problème, de toute façon, que je n'aurais qu'à lui indiquer la date de mon départ lorsque je la connaîtrais. Puis il m'a tendu ma clé. J'avais la chambre 308. Elle se trouvait au troisième étage, sur la droite en sortant de l'ascenseur, au bout du couloir. L'ascenseur se trouvait dans mon dos. Le petit déjeuner était servi de six heures trente à dix heures, dans la salle à manger qui se trouvait au premier étage, sur la gauche en sortant de l'ascenseur. Si j'avais une voiture, l'hôtel disposait d'un parking dans la cour, auquel on accédait par le porche, situé sur la droite en sortant. Après vingt-deux heures trente, la porte d'entrée était fermée, mais s'ouvrait grâce à un code d'accès qu'il m'a recommandé de mémoriser, au cas où je le perdrais, et il m'a tendu un petit papier sur lequel était imprimé « 1945 ». L'année de naissance d'Eddy Merckx, m'a-t-il précisé, c'est facile à retenir. Je l'ai glissé dans mon portefeuille.

Le téléphone s'est mis à sonner. Il a posé sa main sur le combiné et m'a souhaité une bonne nuit avant de décrocher. J'ai ramassé mon sac et me suis dirigé vers l'ascenseur.

Au troisième, je ne me souvenais déjà plus des indications qu'il m'avait données, les confondais avec celles concernant la salle à manger, si bien qu'en sortant de l'ascenseur j'ai pris à gauche, le long d'un couloir exigu qui donnait sur une porte coupe-feu qui, de l'autre côté d'un sas, donnait sur un autre couloir, qui menait à une seconde porte, derrière laquelle on grimpait trois marches, avant d'en redescendre deux, et, après avoir fait tout le tour de l'étage, au bout de ce dédale, par le plus grand des hasards, je suis tombé sur ma chambre.

Elle était petite, mais haute de plafond. Elle avait été refaite très récemment, on ne m'avait pas menti. D'un point de vue esthétique, on ne s'en rendait pas vraiment compte, mais à l'odeur de peinture qui m'a saisi lorsque j'ai poussé la porte, cela ne faisait aucun doute. J'ai posé mon sac sur une chaise, j'ai retiré mes chaussures et jeté mon manteau sur le lit, avant de me diriger vers la fenêtre pour aérer la pièce. J'ai actionné la poignée, j'ai tiré dessus à plusieurs reprises, à deux mains, même, de toutes mes forces, mais les battants étaient collés par la peinture fraîche et la fenêtre ne concédait que quelques craquements inquiétants, qui ont fini par me faire renoncer à l'ouvrir.

Dans la salle de bains, il n'y avait pas de fenêtre. Je me suis lavé les mains en me regardant dans le miroir et ne me suis pas trouvé bonne mine.

J'avais l'intention de me reposer un peu avant de ressortir pour trouver un endroit où dîner. J'ai allumé le téléviseur, fixé tout en haut du mur, juste sous le plafond, et me suis allongé sur le lit. Je suis tombé sur un de ces jeux que je n'ai pas pu m'empêcher de commencer à regarder, et c'est alors que je me suis souvenu que je devais rappeler chez moi, ce que j'ai fait sur-le-champ.

J'ai dit que je venais juste d'arriver à l'hôtel, que ma chambre était correcte, que je me reposais un peu, maintenant, et que j'allais ressortir pour dîner, tout à l'heure. Elle m'a demandé si j'avais bien pensé à sortir mes affaires de mon sac. J'ai dit que c'était la première chose que j'avais faite. Je n'ai pas parlé de mes gants ni de mon bonnet que j'avais oubliés dans le train, car c'était un cadeau qu'elle venait de me faire pour Noël, et je m'en voulais terriblement. Elle m'a rappelé qu'elle avait mis des mouchoirs dans ma trousse de toilette. La mer de la Tranquillité, ai-je répondu, dans ma tête, sans la moindre hésitation, tandis que les candidats, eux, séchaient lamentablement. Tu m'entends ? m'a-t-elle fait. Oui, bien sûr ! j'ai dit, et, dans la foulée, j'ai demandé si les enfants étaient sages. Elle m'a dit qu'Alphonse avait beaucoup toussé. Le Taj Mahal, imbécile ! me suis-je exclamé en pensée. Je n'ai pas l'impression que tu m'écoutes, m'a-t-elle reproché. Mais bien sûr que si, me suis-je défendu, en coupant le téléviseur. Puis je lui ai demandé si Alphonse n'avait pas trop toussé. Elle ne m'a pas répondu. J'ai dit qu'on ne s'entendait pas, que la communication était mauvaise, mais qu'il prenne bien son sirop, surtout, et que je la rappellerais demain. Elle m'a recommandé d'être bien prudent. Je lui ai dit : ne t'en fais pas. Et j'ai raccroché.

Je n'ai pas rallumé le téléviseur. J'ai promené mon regard sur les murs gris pâle de la chambre. Il y avait de petites bavures de peinture sur la moquette, tout le long des plinthes. J'ai fini par m'assoupir.

Quand j'ai rouvert les yeux, j'avais mal au crâne, et la pénible sensation qu'on m'avait mis en peinture tout le fond de la gorge. J'ai regardé ma montre et me suis rendu compte que j'avais dormi près de deux heures. Il était grand temps de sortir, maintenant, si je voulais encore trouver un endroit où dîner. Je me suis passé un peu d'eau fraîche sur le visage, j'ai remis mes souliers, j'ai attrapé mon manteau et quitté la chambre.

À la réception, j'ai toussoté un peu pour signaler ma présence, mais personne ne s'est montré. J'ai posé ma clé sur le guichet, me suis dirigé vers la porte, puis, me ravisant, j'ai préféré la récupérer pour la garder sur moi.

Il neigeait un tout petit peu, dehors, tellement peu que si je l'avais voulu, simplement pour m'amuser, je crois que j'aurais pu éviter les rares flocons qui tombaient et, le nez en l'air, en zigzaguant sur le trottoir, parvenir ainsi jusqu'au bout de la rue, sans qu'aucun m'ait atteint.

Cependant, je me suis abstenu de ce genre de

fantaisie et j'ai regardé où je mettais les pieds, car à certains endroits les trottoirs mal déneigés s'étaient couverts d'une couche de glace qu'il valait mieux aborder avec la plus grande prudence.

J'avais pris la direction de l'église. L'air vif me faisait du bien et mon mal de crâne s'apaisait.

En abordant la place, j'ai vu qu'un vieil homme se tenait devant la crèche illuminée, qu'il observait, pendant qu'au bout d'une très longue laisse, derrière lui, bien campé sur ses pattes arrière, son chien faisait dans la neige fraîche. Même s'il n'y avait rien de suspect à la présence de cet homme, ici, j'ai hésité à aller à sa rencontre. Sous le prétexte de lui demander de m'indiquer un restaurant, j'aurais pu en venir à le questionner naïvement sur la raison de cette mangeoire vide. Et, qui sait, peut-être aurait-il eu quelques informations précieuses à m'apporter ? Cependant, si je perdais trop de temps avec lui, c'était prendre le risque de devoir rentrer à l'hôtel sans dîner, si bien que, je n'en suis pas fier, ma faim a pris le dessus sur mon professionnalisme et j'ai passé mon chemin.

Le bar-tabac, en face de l'église, ne faisait pas restaurant, mais je me suis tout de même arrêté devant, un instant, pour regarder à travers la baie vitrée. Ne restaient que quelques clients. À une table, dans un coin, deux types jouaient aux dés pendant qu'au comptoir trois autres discutaient avec le patron en gesticulant. C'est ici, dès demain, me suis-je dit, qu'il faudrait que je vienne passer un peu de temps. C'était le lieu où devaient circuler les bruits et les rumeurs de la ville, et j'allais sûrement y apprendre des choses.

Je ne me suis pas attardé. Me fiant à mon instinct, j'ai emprunté une rue qui m'inspirait confiance, et je n'ai pas manqué de flair, car, tout au bout, je suis tombé sur un restaurant – fermé jusqu'au 2 janvier, malheureusement. C'était écrit sur un papier collé derrière la porte. On pouvait aussi y lire «Joyeux Noël et bonne année!» C'était rageant, car le menu affiché était alléchant, et les prix tout à fait honnêtes. J'ai collé mon nez à la vitrine pour voir à quoi ressemblait l'intérieur et, malgré la pénombre, j'ai pu voir que l'endroit aurait été bien agréable. Tout cela n'a fait que renforcer ma déception. J'ai soupiré, relu le menu une dernière fois, et tout en me lamentant encore, j'ai fini par m'éloigner.

Au moment où je tournais au coin de la rue, il m'a semblé entendre comme une plainte et je suis tombé sur un couple dont la femme venait à l'instant même de chuter sur le trottoir gelé à cet endroit. Pour l'aider à se relever, son mari la tirait par le bras, au risque de lui démettre l'épaule, mais ne parvenait à rien en s'y prenant de la sorte, d'autant qu'elle ne l'aidait pas, restait inerte sur le côté et pesait de tout son considérable poids et, à chaque effort qu'il faisait pour la remettre sur pied, elle gémissait davantage. Bien qu'ils ne m'aient pas encore remarqué, n'étant qu'à quelques mètres d'eux, je ne pouvais décemment plus changer de trottoir, ni rebrousser chemin, si bien que je n'ai pas eu d'autre choix que de leur venir en aide.

Ce ne fut pas une mince affaire, mais avec son mari, en prenant la dame chacun sous un bras, nous sommes parvenus à l'asseoir, d'abord, puis à la remettre debout. Elle a continué de geindre un instant, se massant le coude en considérant ses bas filés sur ses gros genoux écorchés. Nous l'avons soutenue et aidée à faire quelques pas pour nous assurer qu'elle n'avait rien de cassé. Et bien qu'en la voyant à terre, quelques secondes auparavant, on eût pu croire qu'elle s'était brisé tous les os, à part quelques hématomes, elle semblait pourtant indemne, et, en en prenant peu à peu conscience, elle a fini par se calmer.

Ils m'ont alors remercié chaleureusement. J'ai dit que c'était la moindre des choses. Le mari m'a répondu que tout le monde, pourtant, ne se serait pas arrêté, et que certains, peut-être même, auraient changé de trottoir. J'en ai convenu d'un haussement d'épaules et, avant de les laisser, leur ai demandé si, à tout hasard, ils pouvaient m'indiquer un restaurant ouvert à proximité d'ici. L'homme n'a pas hésité une seconde. Le *Saint-Louis* ! s'est-il exclamé, en m'expliquant qu'ils en sortaient, justement, et qu'ils venaient d'y fêter leur anniversaire de mariage, m'a confié sa femme. Nos noces d'argent, a précisé son mari, fièrement. Félicitations ! j'ai dit. Et maintenant tout est gâché, a-t-elle déploré, en se remettant à pleurnicher, ajoutant encore qu'ils auraient mieux fait de rester chez eux, au chaud, ce à quoi son mari lui a rétorqué que si elle l'avait écouté, elle aurait simplement mis d'autres chaussures et ce ne serait pas arrivé. Puis s'adressant à moi pour en revenir au restaurant, il m'a demandé si je voyais où se trouvait la poste, car le *Saint-Louis* n'en était pas loin. J'ai dit que non, malheureusement, car je n'étais pas d'ici. Il m'a demandé d'où je venais, alors, et ce qui m'amenait dans la région. Je lui ai répondu que je venais de Bar-le-Duc et que j'étais représentant de commerce, ce qui m'a semblé crédible. Représentant en quoi ? m'a-t-il demandé encore. En produits d'entretien, j'ai précisé. Et quel genre de produits vendez-vous ? m'a fait sa femme, qui semblait intéressée. Mais son mari, lui, ne s'est pas préoccupé de ma réponse et m'a coupé la parole pour me dire qu'il avait beaucoup voyagé, lui aussi, par le passé, durant sa longue carrière. Bien qu'il n'attendît sûrement qu'une simple question de ma part pour s'autoriser à me raconter sa vie, au risque de le décevoir, je ne la lui ai pas posée. J'ai coupé court et, pour le remettre sur la bonne voie, lui ai redit que je ne voyais vraiment pas où se trouvait la poste. Il a pris le temps de réfléchir un peu. Cela semblait l'embêter, parce qu'à partir de la poste, m'a-t-il répété, c'était vraiment facile à trouver, ce à quoi sa femme a rétorqué que je pouvais tout aussi bien passer par l'avenue, que c'était même sûrement le plus court chemin pour y aller. Son mari a semblé en douter et ils se sont mis à débattre pour savoir quel était réellement l'itinéraire le plus facile et le plus direct à me conseiller. Ils ont fini par tomber d'accord. Dans ce cas, oublions la poste, alors, m'a dit l'homme, avant de se lancer dans des explications incompréhensibles, que j'ai pourtant fait semblant de suivre en opinant régulièrement de la tête, simplement pour qu'il en finisse. Puis il a regardé sa montre, il a écarquillé les yeux et m'a conseillé de me presser si je voulais encore avoir une chance d'être servi.

Ils m'ont encore remercié. J'ai fait de même et nous nous sommes quittés, et, me retournant une dernière fois sur eux, je les ai vus s'éloigner, accrochés l'un à l'autre, en faisant de tout petits pas, comme s'ils apprenaient à patiner.

Je ne sais pas par quel heureux hasard, sans trop de difficultés, je me suis retrouvé devant ce restaurant, car, ne les ayant pas comprises, je n'avais suivi aucune des indications que l'homme m'avait données, mais toujours est-il que j'y étais parvenu et, comme trois personnes venaient d'y pénétrer devant moi et n'en étaient pas ressorties, cela signifiait également, par chance, que le service n'était pas terminé.

Avant d'entrer, par précaution, je me suis tout de même penché sur le menu affiché dehors, et là, en découvrant, sidéré, que, pour le prix d'un repas complet dans le restaurant précédent, je ne pouvais m'offrir ici que la moins chère des entrées, dont l'intitulé ne tenait même pas sur une seule ligne, j'ai déchanté.

Des rideaux de dentelle voilaient les fenêtres à mi-hauteur, mais en me mettant sur la pointe des pieds, j'ai pu voir qu'à l'intérieur, à des tables fleuries, on dînait entre gens biens, que servaient, en jupe noire et chemisier blanc, des jeunes femmes aux hanches larges et au chignon serré.

Si j'avais eu mon avance en poche, je n'aurais sûrement pas tant hésité à pousser la porte, mais le nez toujours collé au menu, après avoir fait et refait quelques rapides calculs dans ma tête, je me suis dit que ce n'était pas raisonnable et j'y ai renoncé en me promettant, pour me consoler, qu'une fois mon affaire élucidée c'est ici, sans regarder à la dépense, que je reviendrais fêter mon succès.

J'ai repris la direction de l'église. Je commençais à me faire à l'idée de devoir rentrer à l'hôtel le ventre vide. Je suis repassé devant le bar-tabac de la place, maintenant fermé. Les chaises étaient sur les tables, les tabourets sur le comptoir. Le patron donnait un coup de balai.

Un peu plus loin, sur mon chemin, au milieu du trottoir, se tenait un des derniers clients qui venait de quitter le bar. Penché au-dessus du sol, les mains appuyées sur ses cuisses, il cherchait en râlant quelque chose qu'il semblait avoir perdu dans la neige, à ses pieds. En arrivant à sa hauteur, je lui ai demandé si je pouvais l'aider. Il a dû s'effrayer. Il s'est redressé brusquement, il a titubé et m'a d'abord considéré avec méfiance, puis s'est détendu et m'a expliqué qu'il venait de laisser tomber sa cigarette dans la neige, sa dernière cigarette. Puis il s'est repenché au-dessus du sol. J'ai fait de même, et n'ai pas été très long à la retrouver. Elle dépassait à peine du petit trou qu'elle avait formé dans la neige en tombant, mais je l'ai vue aussitôt.

Je l'ai ramassée et la lui ai tendue sous le nez. Je crois qu'il ne m'aurait pas remercié davantage s'il s'était agi de son alliance. Il a même voulu me prendre dans ses bras, mais j'ai esquissé un sourire gêné et lui ai posé ma main sur l'épaule pour l'en dissuader. Il a coupé son élan et s'est contenté de me serrer la main entre les siennes. Il a dit que c'était une chance que je sois passé par là. J'en ai profité pour lui demander s'il connaissait un endroit encore ouvert où j'aurais pu me restaurer. Il m'a regardé comme si je venais de lui demander où je pourrais me procurer un trombone à coulisse. Il a eu l'air préoccupé, il a poussé un long soupir qui sentait fort la bière, puis son visage s'est éclairé et il a voulu savoir quel jour nous étions. Mardi, j'ai fait. Il a regardé sa montre et m'a dit qu'il pensait que c'était encore ouvert, que c'était sur son chemin et qu'il allait m'accompagner. Rudy ! s'est-il présenté, en me tendant la main. Enchanté, ai-je répondu.

Il marchait d'un pas mal assuré, sa cigarette éteinte aux lèvres, faute d'avoir pu retrouver son briquet. Il gardait difficilement le cap, s'arrêtait souvent pour parler.

Malgré son blouson léger, il ne semblait pas souffrir du froid, tandis que pour ma part, même au fond des poches de mon manteau, j'avais les mains gelées.

Par chance, l'endroit où il m'emmenait ne se trouvait pas bien loin, dans une rue juste derrière l'église, m'avait-il dit, de sorte que nous n'avions qu'à traverser la place pour nous y rendre, ce qui tombait bien, car, en passant juste devant la crèche, je n'ai pas manqué l'occasion d'aborder le sujet qui m'intéressait. Tiens, j'ai dit, comme si je venais de m'en apercevoir, le petit Jésus n'y est pas, c'est bizarre. C'est parce qu'ils ne le mettent en place qu'à partir de la nuit de Noël, m'a-t-il répondu, c'est la tradition. Je lui ai tout de même rappelé que nous étions déjà le 27. Il a froncé les sourcils et s'est immobilisé une nouvelle fois, le temps, sans doute, de se remémorer quelques images de ce réveillon déjà cuvé. Ah oui, c'est vrai, a-t-il fini par reconnaître. Alors, c'est sûrement qu'ils le mettent au chaud pour la nuit. Peut-être bien, ai-je concédé, en renonçant à creuser la question, car ce n'était pas lui qui m'en apprendrait davantage, je m'en rendais bien compte.

Nous nous sommes remis en marche. Nous avons contourné l'église et emprunté une ruelle. Et déjà, au loin, les lumières du *Snack Kebab Izmir* nous sont apparues.

Ici, on faisait moins de chichis qu'au *Saint-Louis*. Le menu et les tarifs figuraient en grands caractères directement sur la vitrine. Tout était clair, je n'ai pas eu besoin de faire de longs calculs.

Pensant que le moment de nous séparer était venu, je me suis tourné vers Rudy pour le remercier de m'avoir accompagné jusque-là, mais il m'a dit qu'il tenait à me présenter au patron afin que je sois bien servi. Il a poussé la porte et m'a cédé le passage.

Le patron discutait dans sa langue, par-dessus le comptoir, avec un homme qui dînait dans un coin de la petite salle. Il n'y avait pas d'autre client. Ce n'était probablement pas un client, d'ailleurs, plutôt quelqu'un de la famille. On sentait, à son attitude, qu'il faisait partie des murs.

À notre entrée, les deux hommes se sont tus, et le son du grand téléviseur accroché au mur a pris le dessus. J'ai jeté un regard vers l'écran. Les rouges jouaient contre les blancs. Rudy s'est approché du comptoir. Il a serré la main du patron. Izmir, je te confie un ami, lui a-t-il dit. Celui-ci a acquiescé d'un signe de tête qui devait signifier qu'il était ravi de faire ma connaissance. Enfin, c'est ainsi que je l'ai interprété. Puis il s'est mis à me dévisager et j'ai compris qu'il attendait ma commande. Je lui ai dit que j'hésitais entre la formule Kebab et l'assiette Köfte et lui ai demandé ce qu'il me recommandait. Il m'a répondu que c'était à moi de voir et m'a simplement montré du doigt les photos des différents plats affichées au-dessus du comptoir. J'ai donc levé la tête et pris un peu de recul pour faire mon choix.

Pendant ce temps, Rudy lui a demandé du feu pour sa cigarette et il s'est commandé une bière. Une fois sa cigarette allumée, il s'est mis à fouiller ses poches, à la recherche d'un peu de monnaie, en grimaçant à cause de la fumée qui lui piquait les yeux. Dans le creux de sa main, il a fait le compte des quelques pièces qu'il avait trouvées et, voyant son air embarrassé, je lui ai dit que j'allais lui offrir sa bière. Alors il m'a remercié d'un clin d'œil, il a levé sa bière à ma santé et s'est empressé d'en boire de longues gorgées. Puis il a soupiré, m'a dit qu'il était tard et qu'il allait rentrer, maintenant. Il a posé sa main sur mon épaule et a ajouté qu'il était ravi que nos chemins se soient croisés. Puis il a salué le patron et s'est éclipsé. Je l'ai suivi du regard, à travers la vitrine. Devant la porte, sur le trottoir, il a fini sa bière d'un trait et s'est éloigné.

Finalement, j'ai opté pour la formule Kebab et suis allé m'asseoir à une table, tout contre un radiateur électrique. Je ne m'en suis éloigné un peu que lorsque j'ai senti, contre mon flanc, la brûlure du métal à travers mon manteau. Puis j'ai tourné ma chaise en direction du bar et j'ai regardé le patron qui préparait mon repas. L'autre homme avait les yeux rivés sur le téléviseur.

C'est chaleureux chez vous, Izmir, j'ai fait, au bout d'un moment, cherchant quelque chose à dire pour engager la conversation. Je peux vous appeler Izmir ? me suis-je tout de même assuré, dans la foulée. Alors il s'est interrompu et s'est retourné vers moi pour me dire qu'Izmir, ce n'était pas son nom, mais celui d'une ville de son pays. Puis il a pointé la pince en inox, qu'il tenait dans sa main, en direction du mur sur lequel était punaisée une affiche touristique de la ville en question. J'ai dit que j'étais désolé, que j'avais cru que… enfin que c'était parce que Rudy l'avait appelé ainsi que je m'étais permis. Rudy est un pauvre type, m'a-t-il répondu, cinglant. Puis il m'a tourné le dos et s'est remis au travail.

Je m'en suis voulu d'avoir ainsi manqué mon approche avec tant de maladresse. Je n'ai rien trouvé d'autre à dire pour me rattraper. J'ai levé les yeux vers le téléviseur, moi aussi, et au bout de quelques secondes, me suis adressé à l'homme, à la table du fond, pour lui demander qui jouait, exactement, ce à quoi il n'a pas répondu, parce que au même moment le jeu s'est emballé, les commentateurs ont soudain poussé des cris et, dans le même temps, les rouges ont marqué contre les blancs. L'homme a juré en tapant du poing sur la table. Le patron, pris de court, s'est retourné trop tard. Il a vu le gardien à terre et le ballon au fond des filets. Il a secoué la tête, dépité. Et tous deux ont alors échangé quelques mots pleins d'amertume.

Quand ma commande a été prête, le patron l'a posée sur le comptoir et je me suis levé pour aller la chercher. En regagnant ma table, j'y ai déposé mon plateau, et alors, seulement, me suis débarrassé de mon manteau que j'ai suspendu au dossier de ma chaise. Puis je me suis rassis, et j'ai mangé avec appétit, en écoutant les voix des deux hommes mêlées aux clameurs du stade.

Lorsque j'ai eu fini mon repas, les rouges exultaient. Les blancs étaient défaits. J'en ai vu un pleurer dans les bras d'un autre. Le patron a changé de chaîne et j'ai commandé un café.

Posé sur une table, près de la vitrine, j'ai remarqué un exemplaire du journal que le prêtre m'avait donné. Je suis allé le chercher et me suis repenché sur l'article.

Quelle histoire, hein? j'ai dit au patron, en profitant du moment où celui-ci m'apportait mon café. De quoi? m'a-t-il fait. Non, là, j'ai répété, quelle histoire! tout en lui montrant l'article et la photo de la crèche, en première page. Il m'a répondu qu'il ne lisait pas le journal. Il a posé mon café sur la table et s'en est allé.

À d'autres! j'ai pensé alors, en l'observant derrière son comptoir, en train de nettoyer son plan de travail et ses ustensiles. Puis j'ai sorti mon carnet de la poche de mon manteau. Sur une nouvelle page, j'ai noté « Izmir ». Je l'ai souligné trois fois. J'y ai ajouté un grand point d'interrogation.

J'ai eu beaucoup de mal à m'endormir, à cause de cette odeur de peinture, bien sûr, à cause, aussi, de toutes ces miettes que j'ai trouvées dans mon lit, ce qui signifiait au mieux qu'on avait oublié de changer les draps, au pire qu'on s'en était dispensé, à cause, encore, de cette alèse épaisse qui me donnait, à chaque mouvement, la douce impression de séjourner à l'hospice, et enfin, et peut-être surtout, à cause de ces brûlures d'estomac que je devais probablement au fait d'avoir choisi la formule Kebab plutôt que l'assiette Köfte.

Lorsque, enfin, malgré cet immense inconfort, terrassé par la fatigue, j'ai réussi à fermer l'œil, je n'ai dormi qu'une petite heure, avant d'être réveillé par des gémissements, des râles, de véritables cris, qui ne m'ont cependant inquiété que le temps de me rendre compte qu'il s'agissait de plaisir. Du moins, c'était ce qu'on s'évertuait à faire croire, et ce dont on voulait soi-même se convaincre, sûrement, tant cela était surjoué et sonnait faux. C'en était même un peu triste.

J'ai rallumé la lumière et me suis assis dans mon lit. Puis je me suis levé, j'ai collé mon oreille aux murs qui donnaient sur les chambres voisines. Je me suis agenouillé, j'ai posé ma tête contre le sol, puis contre la porte de ma chambre, mais quel que soit l'endroit où je me trouvais, le son avait la même intensité, si bien que je n'ai pas réussi à déterminer d'où cela pouvait provenir.

Au bout d'un moment, tout s'est apaisé et je n'ai plus rien entendu. Mais, au lieu d'en être soulagé, j'en ai éprouvé un curieux sentiment de frustration, jusqu'à ce que cela reprenne de plus belle, puis s'interrompe de nouveau, et ainsi de suite, et quand je pensais qu'il s'agissait enfin du bouquet final, qu'on touchait véritablement à l'extase, on en était encore, en fait, qu'aux préliminaires. À ce rythme-là, je n'ai pas tenu le coup jusqu'au bout. Je me suis rendormi avant la fin des ébats.

Au matin, de bonne heure, ce sont des voix dans le couloir qui m'ont réveillé, des rires, une conversation qu'on tenait juste devant ma chambre. Un bagage a même cogné contre ma porte. J'ai dû pousser un cri pour que cela cesse.

J'ai fourré ma tête sous l'oreiller, j'ai essayé de me rendormir, mais sans succès. C'en était fini de ma courte nuit.

Je me suis levé. J'ai ouvert le rideau qui occultait la fenêtre et jeté un coup d'œil dans la rue.

Des voitures garées le long du trottoir, on ne distinguait plus que les formes blanches et floues. Des voitures en croûte de neige.

Une fois habillé, j'ai téléphoné chez moi. J'ai dit que j'avais très mal dormi, que l'hôtel était bruyant, mais je n'ai pas donné de détails. J'ai dit que j'allais descendre prendre le petit déjeuner et me mettre au travail. Elle m'a dit qu'elle n'avait pas fermé l'œil non plus, à cause du petit qui avait eu de la fièvre. J'ai dit qu'il fallait retourner voir le médecin, alors. Elle m'a dit qu'elle irait. Je lui ai dit que j'allais toucher mon avance aujourd'hui. Elle m'a dit que c'était tant mieux, parce que la chaudière refaisait des siennes. Je lui ai dit qu'elle essaie de passer en manuel, pour voir. Elle m'a dit qu'elle avait déjà essayé et que ça n'avait rien changé. Je lui ai dit que je devais descendre, maintenant, que j'avais du pain sur la planche et que je la rappellerais ce soir. Elle m'a dit de prendre soin de moi. J'ai dit toi aussi.

Messieurs dames ! ai-je lancé, en pénétrant dans la salle du petit déjeuner, mais sans doute l'ai-je dit trop faiblement pour qu'on m'entende, car il ne me semble pas qu'on m'ait répondu.

J'ai pris place à la seule table dressée pour une personne qui restait, puis j'ai attendu un bon moment qu'une jeune femme, à l'air effarouché, vienne me demander mon numéro de chambre, d'une voix fluette, et quelle boisson je désirais. Un café noir, s'il vous plaît, ai-je demandé. Un café noir, a-t-elle chuchoté, en s'éloignant. En attendant son retour, je me suis mis à observer les quelques clients présents dans la salle et, bien que les apparences soient souvent trompeuses, ce que l'on ne sait que trop dans mon métier, les individus qui avaient troublé ma nuit ne semblaient pas en faire partie.

Près de la porte d'entrée, était assis un homme en costume, qui, tout en mangeant, se penchait sur des documents qu'il annotait. À proximité, un vieux couple parlait fort. Je n'ai pas eu besoin de tendre l'oreille pour apprendre qu'ils avaient fait étape ici pour la nuit, qu'ils se rendaient à l'enterrement d'un oncle et se demandaient, inquiets, ce qu'il adviendrait désormais de son chat. Plus près de moi, deux hommes en tenue de travail discutaient soudure et tuyauterie. Et dans mon dos, déjeunait une petite famille, dont je n'ai entendu que les disputes des enfants et les remontrances de leur mère.

La jeune serveuse est réapparue sur la pointe des pieds pour me redemander mon numéro de chambre, qu'elle avait oublié. 308, lui ai-je rappelé. 308, a-t-elle répété. Puis elle m'a tourné le dos et s'est éloignée, avant de revenir aussitôt vers moi, pour me demander encore si c'était bien un thé que j'avais commandé. Je lui ai dit que c'était un café. Un café noir, ai-je précisé. Elle a acquiescé et s'est éclipsée, en répétant en boucle, pour ne pas oublier : un café noir, chambre 308, un café noir, chambre 308...

L'homme en costume a regardé sa montre, il a rangé ses documents dans sa mallette, puis il s'est levé et s'en est allé. Peu de temps après, la famille a quitté la salle également. Les enfants sont sortis les premiers, en courant. Ils ont manqué de renverser la serveuse qui revenait pour déposer sur ma table une petite corbeille avec deux morceaux de pain et un croissant. Je lui ai demandé si elle pensait à mon café, aussi. Elle a eu l'air confuse, m'a dit qu'elle revenait tout de suite. J'ai attendu encore.

Une dame âgée est alors entrée dans la salle,

avec un petit chien dans les bras. Elle a regardé autour d'elle et, après avoir hésité un instant, elle a pris place à une table dressée pour deux, près de moi. Je l'ai saluée. Elle m'a souri. Et considérant son chien qu'elle avait pris sur ses genoux, pour lui être agréable, je lui ai dit qu'il ne lui manquait que la parole. Et la vue aussi, malheureusement, m'a-t-elle répondu en caressant l'animal, comme pour le consoler. Alors seulement, j'ai remarqué ses yeux vitreux, et tout ce que j'ai trouvé à dire, c'est «pauvre bête!». Par chance, la serveuse m'a permis d'écourter cet échange en m'apportant enfin mon café. Avant de s'en aller, elle m'a redemandé mon numéro de chambre qu'elle a pris soin de noter, cette fois, sur un petit calepin.

Je me suis coupé un morceau de pain en deux, dans le sens de la longueur, et, tout en commençant à penser à ma journée, me suis beurré une tartine avec application. Je n'ai pas laissé un centimètre carré de mie à nu. C'était un modèle de tartine beurrée. Je l'ai posée dans mon assiette et j'ai refait de même avec l'autre moitié de mon morceau de pain.

Je me demandais sur quel fil j'allais pouvoir tirer, aujourd'hui, afin de dénouer au plus vite cette affaire. Je me suis dit que mon enquête ne faisait que commencer et que j'avais déjà un indice et un suspect, ce qui était plutôt encourageant.

J'ai plongé l'une de mes tartines dans mon café, l'en ai retirée, molle et dégoulinante, et me suis empressé de la mettre en bouche.

En déposant ma clé à la réception, j'ai fait connaissance avec l'hôtelière, l'épouse de l'homme qui m'avait accueilli la veille. C'était une femme avenante et qui ne manquait pas de charme. Elle m'a demandé si j'avais passé une bonne nuit et semblait s'en préoccuper sincèrement, si bien que je n'ai pas eu le cœur de la décevoir, je ne me suis plaint de rien, j'ai répondu « très bonne » et elle a eu l'air de s'en réjouir. Elle m'a recommandé de bien me couvrir, car il faisait encore plus froid qu'hier, ce matin. Je l'ai remerciée de sa prévenance, me suis noué mon écharpe autour du cou et j'ai quitté l'hôtel.

J'avais décidé de commencer la journée en me rendant au bar-tabac de la place. Devant certains immeubles, les trottoirs n'étaient pas dégagés et j'étais contraint de marcher dans une épaisse couche de neige, dans laquelle je m'enfonçais jusqu'aux chevilles. Je m'en suis voulu de ne pas avoir prévu de chaussures plus adaptées au climat local que les souliers légers que je portais, et me suis dit que j'allais être contraint de m'en acheter une nouvelle paire dès aujourd'hui si je voulais pouvoir travailler dans les meilleures conditions.

Arrivé devant le bar-tabac, j'ai frappé sur les bas de mon pantalon pour en faire tomber la neige qui s'y était collée, puis je suis entré.

J'ai d'abord voulu prendre place à une table d'où j'aurais eu une vue d'ensemble sur toute la salle, mais attiré par la discussion animée que menaient deux hommes, accoudés au bar, j'ai préféré me diriger vers le comptoir. J'ai grimpé sur un tabouret, juste à côté d'eux, et j'ai commandé un café.

S'il m'avait semblé, à première vue, tellement cela m'occupait l'esprit, que le sujet dont ils débattaient avait un rapport avec l'affaire de la crèche, je me suis vite rendu compte qu'il n'en était rien et que leur différend portait en fait sur le bon usage des ronds-points. Chacun des deux assénait à l'autre ses certitudes quant à la file que l'on se devait d'emprunter en fonction de la sortie que l'on envisageait de prendre, et sur l'art de changer de voie au moment adéquat, en sachant bien utiliser son clignotant, surtout, dans ces circonstances. Mais les deux hommes avaient beau hausser le ton pour essayer de se convaincre réciproquement qu'ils avaient raison, chacun campait sur ses positions, tandis que le patron, qu'ils tentaient de mêler à leur débat, s'y refusait à tout prix, de peur, sans doute, de froisser l'un des deux.

Pour ma part, je me suis assez vite désintéressé

de leur conversation, et, ayant remarqué qu'on avait d'ici, à travers la vitre, une excellente vue sur la crèche, je m'étais mis à l'observer en sirotant mon café, et, tentant de considérer mon problème sous un angle différent, je m'interrogeais sur le mobile susceptible d'avoir motivé le vol – l'enlèvement, m'aurait sûrement corrigé le père Steiger.

Lorsque, au bout de quelques minutes, j'ai de nouveau prêté attention à la conversation de mes voisins de comptoir, je les ai bien crus sur le point de tomber d'accord, après que l'un eut dit à l'autre qu'ils devaient s'être mal compris, car c'était justement ce qu'il affirmait lui aussi. Cependant, au lieu de satisfaire son acolyte, ses paroles ont eu sur lui l'effet contraire, car celui-ci s'est soudain indigné de la mauvaise foi de l'autre, s'exclamant qu'il ne manquait pas de toupet, car ce qu'il maintenait jusqu'alors c'était exactement le contraire de ce qu'il venait de dire à l'instant et de ce que lui-même, en revanche, affirmait depuis le début, ce à quoi l'autre a rétorqué que s'il s'était donné la peine de l'écouter un peu, au lieu de rabâcher, il se serait rendu compte que, même s'il l'avait peut-être formulé différemment, il ne disait pas autre chose que lui.

Mais ils n'en sont pas restés là et, comme le patron, qu'ils voulaient prendre à témoin, venait de s'éclipser, au prétexte d'une commande qu'il avait à servir en salle, ils se sont alors tournés vers moi pour me demander de bien vouloir arbitrer leur différend en toute impartialité, et dire qui des deux avait dit quoi. J'ai répondu que je n'avais malheureusement pas suivi leur conversation, car j'étais en train de regarder au-dehors et d'observer la crèche. Il ne leur en a pas fallu plus pour embrayer sur la question et me raconter ce que je savais déjà. J'ai pris un air outré. Eh oui, c'est moche, a fait l'un. Écœurant, a renchéri l'autre. Surtout pour les gens de la paroisse, qui se sont donné tant de mal à installer tout le bordel, a-t-il encore ajouté. Et de fil en aiguille, ils en sont venus à déplorer ce fléau que sont les voleurs d'enfants et autres nuisibles de la même espèce. Comme remède à la question, l'un des deux était tout simplement pour qu'on leur tranchât la tête, c'était sans discussion. Je te leur couperais plutôt les couilles, moi, préférait l'autre, plus modéré. Je leur ai rappelé qu'il fallait d'abord tenir le ou les coupables, ce qui n'était pas une mince affaire, ce à quoi ils m'ont répondu qu'il n'y avait pas besoin de se poser beaucoup de questions, vu que c'étaient toujours les mêmes et qu'on les connaissait. J'ai bien tenté de les pousser à préciser leur pensée, j'ai dit que je ne les connaissais pas, moi, justement, mais ils n'ont pas voulu m'en dire plus.

Quoi qu'il en soit, sur ce sujet, ils étaient bien d'accord et semblaient maintenant redevenus les meilleurs amis du monde. L'un a proposé à l'autre de reprendre un verre, et, une fois servis, ils se sont même disputés pour s'offrir la tournée.

Comme la neige, qui avait pénétré mes souliers, avait fondu, j'avais maintenant les pieds mouillés, ce qui était fort désagréable, si bien qu'avant toute chose, me suis-je dit, il fallait que je repasse à l'hôtel pour changer de chaussettes.

La porte de ma chambre était légèrement entrouverte, et l'on sifflotait, à l'intérieur. Je ne m'en suis pas étonné, j'ai pensé qu'il s'agissait de la femme de chambre. J'ai tout de même voulu entrer afin de lui demander pour combien de temps elle en aurait encore. J'ai frappé et j'ai poussé la porte, mais celle-ci ne s'est ouverte que de quelques centimètres avant de buter contre un obstacle. Cela suffisait tout juste pour qu'en me tordant le cou je puisse passer la tête à l'intérieur de la pièce, ce que j'ai fait pour découvrir, stupéfait, qu'on avait recouvert le lit, les meubles et le sol de grandes bâches translucides, et que c'était une échelle double qui bloquait l'ouverture de la porte, une échelle au sommet de laquelle était perché un homme, vêtu de blanc, occupé à repeindre le plafond.

Concentré sur sa tâche et sifflant de plus belle, il ne m'avait pas entendu frapper. Lorsque je l'ai salué, il s'est effrayé et s'est retourné brusquement. L'échelle a vacillé et il a dû plaquer sa main au plafond pour retrouver son équilibre. Nom de Dieu ! a-t-il juré, avant de me demander ce que je voulais. J'ai simplement dit que c'était ma chambre. Il a accroché son rouleau au rebord de son seau, en soupirant, et s'est plaint qu'on ne m'ait pas averti, à la réception. Je lui ai répondu que je n'y avais vu personne, que j'avais pris moi-même ma clé au tableau. Alors il m'a dit qu'il n'allait pas pouvoir s'interrompre comme ça, avant d'avoir fini, sans quoi il allait tout saloper et n'aurait plus qu'à recommencer. Il a ajouté qu'il n'en aurait pas pour longtemps. J'ai pris sur moi et lui ai dit que, dans ce cas, j'allais attendre en bas qu'il veuille bien me prévenir lorsque je pourrais récupérer ma chambre. Puis j'ai retiré ma tête de l'entrebâillement de la porte.

À peine m'étais-je éloigné de quelques pas qu'il s'était déjà remis à siffler.

Je suis redescendu par l'escalier. L'hôtelière avait regagné son poste. J'ai bien senti qu'en m'apercevant elle a eu l'air embarrassé. Je lui ai expliqué que j'allais attendre ici, le temps que le peintre ait fini son travail. Elle s'est excusée de ne pas m'avoir prévenu, m'a dit qu'elle avait pensé que j'étais parti pour la journée. Il n'y a pas de mal, lui ai-je répondu, puis je me suis débarrassé de mon manteau et me suis installé dans le fauteuil, juste en face de son guichet. J'ai d'abord regardé autour de moi, en cherchant quelque chose à lui dire, mais comme elle semblait très occupée à classer des papiers, j'ai pris un magazine sur la table basse et me suis mis à le feuilleter.

De temps en temps, sans doute par déformation professionnelle, et parce qu'il faut bien le reconnaître, elle n'était pas désagréable à regarder, par-dessus mon magazine, je levais discrètement les yeux sur elle et je ne crois pas que je me faisais des idées, mais il se trouve qu'à deux ou trois reprises, au moins, j'ai surpris son regard posé sur moi et nous avons échangé un sourire gêné.

J'ai eu le temps de parcourir toutes les revues entassées sur la table avant que la porte de l'ascenseur s'ouvre et que le peintre apparaisse. Comme il m'a vu aussitôt, il n'est même pas sorti de la cabine. J'ai fini, il m'a fait, vos clés sont sur la porte. J'ai attrapé mon manteau, posé sur le fauteuil en face de moi, et me suis levé pour le rejoindre. Il s'est encore adressé à l'hôtelière pour l'informer qu'il passait dans la 310, où il lui restait un mur à enduire, et alors que je n'étais plus qu'à deux pas de l'ascenseur il a retiré son doigt du bouton qui maintenait la cabine ouverte et celle-ci s'est refermée devant moi. La machinerie s'est mise en branle et l'ascenseur est remonté.

Je vais plutôt prendre l'escalier, j'ai fait alors, en me retournant vers l'hôtelière, comme si c'était un choix délibéré. Puis j'ai pensé qu'il faudrait que je prenne quelques renseignements sur cet individu dont le comportement était pour le moins singulier.

J'ai fait une halte au deuxième. J'ai sorti mon petit carnet. Sur une nouvelle page, j'ai griffonné « le peintre » et l'ai entouré plusieurs fois.

Le plafond ne m'a pas semblé plus blanc qu'auparavant, mais l'odeur de peinture était si forte que j'en ai eu des vertiges. Il faut dire que, dans un coin de la pièce, posés par terre sur un vieux journal, le peintre avait laissé là quelques chiffons et un seau à moitié plein de solvant, dans lequel trempaient un rouleau et deux pinceaux. J'ai ramassé le tout et suis sorti dans le couloir pour le déposer devant la porte de la chambre d'à côté, où il travaillait maintenant.

J'ai tenté ensuite d'ouvrir ma fenêtre, avec un peu plus d'insistance que la veille, sans me préoccuper, cette fois, de ses craquements, ce dont j'aurais été pourtant bien avisé, car à force de tirer en vain sur la poignée, dans l'un des angles du battant gauche, la vitre s'est fendue sur une dizaine de centimètres. J'ai aussitôt cessé tout effort pour l'ouvrir.

J'ai retiré mes souliers humides et les ai posés à l'envers, sur le radiateur, pour les faire sécher. Comme il était brûlant, je me suis dit que cela ne prendrait sans doute que peu de temps. J'ai changé de chaussettes et étalé la paire mouillée à côté de mes chaussures.

Assis au bord du lit, j'ai écouté un instant les bruits de spatule qui provenaient de la chambre voisine, puis je me suis allongé et j'ai fixé du regard l'ampoule nue, suspendue au-dessus de moi. En plissant les yeux, à travers mes cils, par je ne sais quel effet d'optique, je parvenais à la faire rayonner et, selon que je fermais plus ou moins mes paupières, les rayons lumineux s'allongeaient ou raccourcissaient. Cela m'a occupé un petit moment.

Et puis j'ai repensé à mon indice. Je me suis tourné sur le côté, j'ai ouvert le tiroir de la table de chevet et y ai plongé la main pour en ressortir, avec précaution, le petit papier dans lequel je l'avais placé. Je l'ai déplié et m'en suis saisi entre le pouce et l'index. J'ai allongé le bras en direction de la lumière et j'ai fermé un œil pour mieux l'observer.

De deux choses l'une, me suis-je dit, cette bouloche provient soit du vêtement du coupable, soit du vêtement de l'un de ceux qui ont installé la crèche, ce qui serait nettement moins profitable à l'enquête.

Troisième hypothèse, plus décevante encore, c'est le vent qui l'a apportée là par hasard, et elle ne concerne en rien notre affaire.

Avec la nuit que j'avais passée, j'aurais dû rester sur mes gardes et ne pas me laisser aller un seul instant, j'aurais dû prendre une douche froide, plutôt, me coller des gifles au lieu de m'allonger et de laisser la fatigue m'envahir. L'erreur était grossière et, à peine réveillé, je m'en suis mordu les doigts, d'une part parce que j'avais fort à faire et que la matinée s'était déjà envolée, et d'autre part et surtout parce que je m'étais endormi avec mon indice entre les doigts et que, dans mon sommeil, ayant ouvert ma main, déplacé mon bras, changé de position sûrement plusieurs fois, celui-ci était, pour ainsi dire, perdu dans l'immensité de mon lit défait, ou peut-être même au-delà.

Je n'ai pas renoncé pour autant à le retrouver. J'ai procédé avec méthode, en progressant d'un bout à l'autre du lit, en scrutant chaque centimètre carré de sa surface, en explorant un à un chaque pli formé par les draps.

De temps en temps, je m'interrompais pour

reposer mes yeux, puis reprenais mes recherches aussitôt. Et puis le téléphone a sonné. Comme je l'avais posé sur la table de chevet, j'ai pu l'attraper sans avoir à me déplacer, rien qu'en tendant le bras. C'était le père Steiger. Comment allez-vous ? m'a-t-il demandé. Très bien, j'ai répondu. Et vous-même ? Bien, merci. Je voulais simplement savoir où en étaient vos investigations. Je me suis éclairci la voix et lui ai répondu que j'avais commencé à suivre certaines pistes, que je progressais à grands pas, que c'était encore un peu tôt pour lui en dire plus, mais que tout ça était en très bonne voie. Excusez-moi, j'ai dit en m'interrompant soudain, car tout en lui parlant, par hasard, mes yeux venaient de se poser sur un relief formé par la couverture, dans l'ombre duquel il m'a semblé apercevoir mon indice. J'ai aussitôt posé mon téléphone sur l'oreiller et me suis penché au-dessus de ce qui était effectivement ma bouloche, je l'aurais reconnue entre mille et m'en suis senti bien soulagé. Allô ? ai-je entendu, à plusieurs reprises, à l'autre bout du fil, tandis que je prenais soin de la remettre dans son petit papier, et le petit papier dans le tiroir de la table de chevet. Puis j'ai repris le téléphone en main. Excusez-moi, j'ai répété. Tout va bien ? m'a demandé le père Steiger, soudain inquiet. Tout va très bien, ai-je répondu d'une voix réjouie. Qu'est-ce que je disais, au juste ? Que vous étiez plutôt confiant, m'a-t-il rappelé. Ah oui, c'est ça, effectivement, ai-je repris. Je suis très optimiste. Tant mieux, m'a-t-il répondu, voilà qui fait plaisir à entendre. Je vais vous laisser travailler, a-t-il conclu. Je lui ai encore dit que je ne manquerais pas de le tenir informé dès qu'il y aurait du neuf. Il m'en a remercié et nous avons raccroché.

J'ai plongé la main dans mes chaussures. Elles étaient sèches, mais tachées d'auréoles blanches. J'ai essayé de les effacer du bout de l'index, après l'avoir humecté de salive, ce qui n'a été d'aucune utilité. Je me suis habillé et j'ai quitté la chambre.

Et puis, face au miroir de l'ascenseur, subitement cela m'est revenu. Comment avais-je pu oublier de lui parler de mon avance ?

Je n'ai pas, moi-même, je le reconnais, une très grande expérience de la profession, cependant si j'avais un conseil à donner à quelqu'un d'encore moins expérimenté que moi, à quelqu'un qui souhaiterait embrasser ce beau, mais dur métier, qui est désormais le mien, je crois que je lui dirais que le plus difficile dans une enquête, ce ne sont pas les heures passées à attendre sous la pluie ou dans le froid l'apparition d'un suspect. Ce n'est pas non plus de réussir à mener une filature en toute discrétion. Le plus difficile, c'est bel et bien de découvrir qui il faut surveiller ou qui il faut suivre. Cela peut paraître évident, mais on ne mesure vraiment ce que cela signifie que lorsqu'on y est confronté, ce qui était mon cas, une fois de plus, dans cette affaire.

C'est à cela que je pensais en marchant vers la place de l'église, sans vraiment savoir où j'allais, mais bien déterminé pourtant à passer la vitesse supérieure.

Je ne voudrais toutefois pas minimiser l'aspect proprement technique des choses, et de bonnes chaussures adaptées au terrain et au climat, à la fois légères et robustes, sont indispensables pour mener à bien une enquête. Je me sens d'autant plus autorisé à en parler qu'en ce qui concerne cette question je m'étais, pour ma part, comporté comme un novice, et voilà pourquoi je me suis arrêté devant cette boutique, à l'angle d'une rue qui donnait sur la place. Parmi tous les modèles exposés dans la vitrine, presque instantanément, c'est sur une paire de bottines fourrées que j'ai jeté mon dévolu. Leur prix, cependant, ne m'autorisait pas à en faire l'acquisition avant d'avoir touché mon avance, que j'avais bien l'intention, cette fois, de réclamer au prêtre dès le lendemain, à la première heure.

En attendant, m'est venue l'idée de me rendre à l'église. J'aurais peut-être la chance d'y croiser quelques grenouilles de bénitier que j'allais pouvoir questionner sur ce qu'elles savaient de l'affaire. Et qui sait si, par hasard, le père Steiger ne s'y trouverait pas également, auquel cas je n'hésiterais pas, en le voyant, à lui réclamer l'argent qui m'était dû. J'ai donc traversé la rue, puis le parvis enneigé et, au pied des marches qui menaient à l'église, je me suis arrêté devant la crèche.

Je n'ai pas voulu, en pleine journée, au risque d'être vu, enjamber la corde et en scruter de nouveau chaque recoin, mais j'ai profité, cette fois, de cette distance qui m'était imposée pour observer la scène dans son ensemble et redécouvrir les personnages à la lumière du jour, et l'un des bergers, notamment, dont j'ai remarqué la blessure au front, qui m'avait échappé la veille, une petite ébréchure d'environ deux centimètres de long sur un centimètre de large, qui témoignait probablement d'un choc dû à une chute.

Cela m'a semblé important et j'ai sorti mon carnet de ma poche. J'ai fait tomber mon crayon dans la neige, l'ai ramassé, et malgré mes doigts engourdis, j'ai pu faire un croquis grossier de la tête du berger. Par une flèche pointée en direction de son front, j'ai indiqué l'endroit abîmé, et par une autre flèche en arc de cercle, pointée vers le bas, la direction dans laquelle, par conséquent, je déduisais qu'il avait chu. Me restait à découvrir pourquoi.

J'ai rangé mon carnet, j'ai monté l'escalier et j'ai poussé la porte de l'église.

Elle était sombre et il semblait y faire encore plus froid qu'au-dehors. Il y avait de la glace au fond des bénitiers. J'avais peu de chances, par cette température, de croiser ici quelque bigote en prière. À moins de la trouver morte, gelée sur son banc.

J'ai remonté l'allée de gauche en parcourant du regard les vitraux et les grands tableaux encrassés du chemin de croix. J'ai fait une halte devant la statue d'un saint dont je n'ai pas trouvé le nom. Au pied de celle-ci, brûlaient quelques veilleuses. J'en ai profité pour me réchauffer les mains au-dessus un instant. Puis j'ai poursuivi ma déambulation et c'est alors qu'au bout d'un banc j'ai trouvé une paire de gants en cuir. Je n'ai pas pu m'empêcher de penser qu'ils n'étaient pas là par hasard, enfin que c'était peut-être un signe à mon intention, une façon de me faire comprendre qu'on était bienveillant, là-haut, à mon égard et que, sans rancune, malgré mon peu de dévotion, on me remerciait tout de même de me mettre en quatre pour retrouver le petit. Comment l'interpréter autrement, lorsque, en plus, en les essayant, il se trouve qu'on aurait dit qu'ils étaient faits sur mesure pour moi.

En abordant le transept, j'ai entendu au loin comme des petits coups irréguliers portés sur un tuyau. Cela semblait provenir de derrière une porte encastrée dans les boiseries du chœur, à la droite de l'autel. J'ai gravi les quelques marches qui m'en séparaient et j'y ai collé une oreille. Ce n'étaient plus des coups que j'entendais, maintenant, mais des bruits de métal, sous les dents d'une scie. Je suis entré et me suis retrouvé dans une sorte d'antichambre qui jouxtait une autre pièce, sans doute la sacristie. La porte était close, mais c'était bien de l'autre côté que l'on s'affairait et, mêlée aux bruits stridents des va-et-vient irréguliers de la scie, j'entendais une voix d'homme qui pestait. J'ai frappé, mais on ne m'a pas répondu. Père Steiger?! ai-je lancé. Le vacarme n'a pas cessé. Il y a quelqu'un?! j'ai fait, d'une voix beaucoup plus forte et en frappant sur la porte du plat de la main. Cette fois, les bruits se sont interrompus tout net. Il y a eu un instant de silence absolu, puis j'ai entendu des pas, la porte s'est ouverte, et le sacristain est apparu face à moi, décoiffé, le visage écarlate, une clé à molette à la main. Ah, c'est vous! a-t-il soupiré, soulagé. Puis il m'a avoué que je lui avais fait peur et que, depuis ce qui était arrivé, même dans la maison de Dieu il ne se sentait plus en sécurité. Vous êtes armé, vous ne craignez rien! ai-je plaisanté, en considérant l'outil qu'il tenait dans sa main. Je n'aurais pas hésité à m'en servir, croyez-moi, m'a-t-il répondu, avant de m'expliquer qu'il n'y avait plus d'eau au lavabo de la sacristie parce qu'une canalisation avait éclaté cette nuit, à cause du gel, et qu'il s'esquintait à la réparer. Voilà ce qui arrive, à force de faire des économies de chauffage! m'a-t-il asséné encore, comme si c'était à moi qu'il le reprochait. Il faut savoir tout faire dans votre fonction, lui ai-je dit, en cherchant à le flatter pour qu'il se détende un peu. C'est vrai, a-t-il reconnu, et il faut être disponible, en plus, jour et nuit, cela ne s'arrête jamais. J'ai opiné de la tête, à la fois compatissant et admiratif. Vous cherchiez le père Steiger? m'a-t-il demandé alors. Non, pas vraiment, ai-je répondu, je visitais. Dans ce cas, je vous laisse visiter, m'a-t-il dit. Si vous avez besoin de moi, surtout, n'hésitez pas. Justement, j'ai fait, puisque je vous ai sous la main, puis-je vous poser deux ou trois questions? Si je peux vous être utile, m'a-t-il répondu. Puis il m'a proposé d'entrer dans la sacristie.

C'était une grande pièce carrée dont trois des quatre murs étaient couverts d'imposants meubles sombres, du sol au plafond, buffets, placards, tiroirs et rangements de toutes sortes. Hormis autour du lavabo, là où le sacristain s'était affairé et où régnait le chaos, partout ailleurs, tout n'était qu'ordre et dépouillement. Un fauteuil et deux chaises étaient alignés contre le mur, à côté de l'unique fenêtre.

Nous nous en sommes approchés. Le sacristain a poussé du pied sa sacoche à outils, qui dégueulait de clés et de pinces et gênait le passage. Il a enlevé sa scie posée sur l'une des chaises, l'a jetée dans sa sacoche, puis m'a proposé de m'asseoir, avant de prendre place à côté de moi.

J'ai retiré mes gants, les ai fourrés dans l'une de mes poches, puis j'ai sorti mon carnet, avant de prendre une profonde inspiration. Alors, j'ai fait, c'est donc après la messe de minuit que vous avez mis l'enfant en place dans la crèche. Comme je vous l'ai dit hier, m'a-t-il répondu. Et quelle heure était-il, précisément ? Il n'a pas eu besoin de réfléchir bien longtemps. Minuit moins le quart, à peu près. Ce n'est qu'après avoir noté « minuit moins le quart » que j'ai tiqué. Comment ça ? Vous venez de me dire que c'était après la messe de minuit. C'est bien cela, effectivement, m'a-t-il confirmé. Je lui ai dit que je n'étais pas sûr que nous nous comprenions bien. Il a froncé les sourcils. Récapitulons, ai-je repris. La messe commence à minuit... Non, à vingt-deux heures, m'a-t-il interrompu. Vingt-deux heures ! me suis-je exclamé. Dans ce cas, c'est plus clair, effectivement. Et pourquoi donc la messe de minuit a-t-elle lieu à vingt-deux heures ? lui ai-je demandé, intrigué. C'est comme ça depuis bien longtemps, m'a-t-il répondu en haussant les épaules, c'est parce que ce doit être plus commode pour nos fidèles de quitter la table entre le fromage et le dessert. J'ai pris note. Puis j'ai poursuivi. Et à quelle heure s'est-elle terminée, alors ? Il était presque vingt-trois heures trente, m'a-t-il répondu. J'ai écrit : « fin de la messe, vingt-trois heures trente ». Et à quelle heure avez-vous mis l'enfant dans la crèche ? Vers vingt-trois heures quarante-cinq, comme je vous l'ai déjà dit. C'est juste, ai-je confirmé en me relisant, je l'ai noté. Et où était l'enfant avant que vous le déposiez dans la mangeoire ? ai-je demandé ensuite. Dans ce placard, m'a-t-il répondu en me le désignant de l'index. Je peux y jeter un coup d'œil ? Faites, m'a-t-il dit. Je me suis levé et suis allé l'ouvrir. Il était plein de cartons empilés les uns sur les autres sur lesquels on avait inscrit : « grandes guirlandes électriques, petites guirlandes électriques, grosses boules rouges, petits anges, étoiles dorées... ». J'ai soulevé les rabats de celui sur lequel on pouvait lire : « Enfant Jésus », et qui ne contenait plus que les gros flocons de polystyrène, destinés à le protéger. J'y ai plongé ma main et en ai ressorti une pleine poignée, que j'ai serrée entre mes doigts, avant de la laisser retomber dans le carton. Puis j'ai refermé le placard et suis retourné m'asseoir à côté du sacristain. Et le lendemain, monsieur Beck, lui ai-je demandé, le jour de Noël, lorsque vous avez découvert le vol – enfin, je veux dire, la disparition de l'enfant –, quelle heure était-il ? Pour mieux s'en souvenir, il a regardé l'horloge, accrochée au-dessus du grand buffet, juste en face de nous. Il devait être neuf heures cinq ou neuf heures dix, à peu près, m'a-t-il répondu. C'est l'heure à laquelle je suis arrivé pour les préparatifs de la messe de dix heures. J'ai noté : « neuf heures dix, découverte de l'enlèvement ». Et le père Steiger était-il déjà là ? ai-je demandé. Non, m'a-t-il répondu, il a dû arriver cinq minutes après moi. J'ai tourné la page et m'apprêtais à consigner cela, lorsqu'il y a eu, soudain, un vacarme épouvantable provenant de la nef. J'en ai laissé tomber mon carnet. Tout s'est mis à vibrer jusque dans ma poitrine, et, durant l'espace d'une seconde, j'ai bel et bien cru qu'un paquebot venait d'entrer dans l'église en faisant sonner sa corne de brume.

Le sacristain, lui, n'a pas eu l'air inquiet. Bien au contraire, il semblait même réjoui et m'a dit que j'avais de la chance, car c'était le jour où l'organiste venait pour répéter. Nous avons un bien bel instrument, vous savez, m'a-t-il fait. Alors, ce que j'avais d'abord perçu comme un véritable séisme s'est soudain transformé en musique, d'autant que celle-ci s'était apaisée un peu, et l'on percevait maintenant l'ébauche d'une mélodie. Il m'a ensuite demandé si j'en avais fini avec mes questions. Comme tout cela m'avait déconcentré, sans réfléchir, je lui ai répondu que oui. Dans ce cas, allons l'écouter, m'a-t-il proposé, fébrile. Il s'est levé et je n'ai pas eu d'autre choix que de le suivre.

Nous avons quitté la sacristie et traversé le chœur pour aller nous asseoir sur un banc, au premier rang. Je peux me tromper, m'a-t-il dit, mais il me semble que c'est un prélude de Buxtehude, non ? Peut-être bien, effectivement, ai-je répondu, pour ne pas lui paraître idiot.

Vous aimez Buxtehude ? m'a-t-il demandé encore. Quand c'est aussi bien interprété… ai-je remarqué. Effectivement, a-t-il renchéri, monsieur Kolmayer est un organiste hors pair et nous avons beaucoup de chance de l'avoir ici. Et il m'a alors raconté ce qu'il tenait de ce monsieur Kolmayer lui-même, à savoir comment celui-ci était passé tout près d'une carrière professionnelle qu'il n'avait manquée qu'à cause de ses gros doigts, qui lui faisaient parfois, malgré lui, enfoncer deux touches à la fois, et comment aussi, de ce défaut qu'il lui avait fallu assumer, il avait su faire un style. La nature est parfois cruelle, lui ai-je dit. C'est un fait, a-t-il reconnu, mais grâce à cela, nous avons la chance de pouvoir profiter de son talent dans notre petite ville. Puis il a pris un air pénétré, il a fermé les yeux et s'est mis à balancer doucement la tête, au rythme lent de la musique, en chantonnant parfois entre ses lèvres.

Par deux fois, profitant d'un instant où il rouvrait les paupières, j'ai tenté de le ramener à notre sujet, mais il a posé son index en travers de sa bouche pour bien me faire comprendre que je devais respecter la musique et ce moment de recueillement.

Je n'ai plus rien dit, alors, et nous sommes restés ainsi, un long moment, à écouter l'organiste en silence. Et puis enfin, au bout d'un bon quart d'heure – je venais de regarder ma montre –, il y a eu une longue série d'accords fortissimo, qui ont une nouvelle fois ébranlé la nef, et c'est ainsi, comme il avait commencé, que le morceau s'est achevé.

Lorsque les pampilles des grands lustres ont eu fini de trembler, le sacristain a rouvert les yeux et s'est mis à applaudir. J'ai fait de même. En réponse, un merci lointain est tombé de la tribune. Le sacristain a applaudi plus fort encore, et j'ai senti que ce moment de silence ne durerait pas, que monsieur Kolmayer allait reprendre de plus belle, maintenant porté par les encouragements de son petit auditoire. C'était le moment ou jamais de m'éclipser. Monsieur Beck, lui ai-je chuchoté à l'oreille, je dois malheureusement m'en aller. Il a eu l'air déçu. C'est que j'aurais bien voulu vous présenter monsieur Kolmayer, a-t-il dit. Ce sera pour une autre fois, ai-je répondu. Mais j'aimerais juste vous poser une dernière question. Il a acquiescé en hochant la tête. Lorsque vous avez découvert que l'enfant n'y était plus, au matin, avez-vous remarqué quelque chose de particulier, en ce qui concerne l'un des bergers ? Il a haussé les épaules. Je ne sais pas, non, m'a-t-il répondu, j'étais choqué par ce que je venais de découvrir, je n'y ai pas prêté attention. Bien sûr, j'ai fait, je comprends. Cependant, je ne saurais dire à quoi je l'ai remarqué, mais il m'a semblé troublé par ma question.

Comme j'avais sauté l'heure du déjeuner et que mon estomac se tordait pour me le rappeler, en quittant l'église, j'ai filé tout droit chez Izmir.

Personne n'avait pris la peine de déneiger les trottoirs par là-bas et, au bout de quelques pas, inévitablement, j'avais de nouveau de la neige plein les chaussures.

De peur d'être déçu par un autre plat, de ne pas en avoir assez pour mon argent, finalement, j'ai repris une formule Kebab et me suis assis à la même place que la veille, tout près du radiateur. Bien que j'aie tenté subtilement de le cuisiner un peu, Izmir n'a pas été plus loquace, et tout ce que j'ai appris de lui, c'est qu'il s'appelait Kazim. Cependant, comme je mangeais, je n'ai pas pris la peine de m'interrompre pour le noter et cela m'est sorti de la tête aussitôt.

À la fin de mon repas, la neige avait fondu dans mes chaussures et j'avais de nouveau les pieds mouillés, si bien que j'ai dû prendre la décision d'écourter ma journée et de rentrer à l'hôtel. Là-bas, me suis-je dit, au calme, j'en profiterais pour faire le point sur l'avancée de mes investigations.

Il recommençait à neiger quand je me suis mis en chemin. C'était une neige qui tombait bien droit, et de laquelle se dégageait une étonnante impression de calme et de discipline. C'était comme si, en coulisse, on avait pris soin de rappeler à chaque flocon les consignes : Allez-y doucement, attendez bien, avant de vous lancer, que ceux du bas aient touché terre, prenez vos distances, respectez les écarts, pas de bousculade et tout ira bien.

Et tout se passait effectivement pour le mieux.

Je ne m'attendais pas, en poussant la porte, à trouver mon lit encore défait. Ni dans la salle de bains ma savonnette du matin à demi fondue dans son jus, et toujours la même serviette humide et froide, pendue à son anneau. Cela m'a contrarié et j'ai voulu redescendre pour m'en plaindre, avant d'y renoncer. C'est à cause des travaux de peinture que la femme de chambre n'a malheureusement pas pu faire son travail, m'aurait-on sûrement répondu. Alors, à quoi bon me déranger ?

Après avoir retiré mes chaussettes, j'ai retapé un peu les oreillers, j'ai arrangé les draps et me suis allongé en travers du lit, en posant quelques secondes mes pieds gelés contre le radiateur. Puis j'ai regardé ma montre et me suis dit que j'allais téléphoner chez moi. Comment ça va ? j'ai demandé. Elle m'a dit que le petit toussait un peu moins. Tant mieux, j'ai fait. Mais le grand a vomi, a-t-elle ajouté. Nom de Dieu, j'ai dit, quand c'est pas l'un, c'est l'autre. On dirait parfois qu'ils le font exprès. J'ai dû appeler le type du chauffage, aussi, a-t-elle enchaîné, qui ne pourra venir que demain. J'ai dit qu'elle lui demande bien, surtout, de n'encaisser le chèque qu'à la fin du mois. On est à la fin du mois, m'a-t-elle rappelé. J'ai dit que c'était pas grave, que ça irait bien, de toute façon, vu que j'allais toucher mon avance demain matin. Et à part ça ? m'a-t-elle demandé. Ça avance plutôt bien, j'ai fait. Je commence à y voir beaucoup plus clair. Elle s'en est réjouie, et puis m'a tout de même avoué qu'elle s'inquiétait pour moi, que c'était pour ça, aussi, qu'elle avait mal dormi. Elle a ajouté que c'était tout de même moins dangereux quand j'étais gardien de square et que, tout compte fait, ça gagnait mieux. Je n'ai pas relevé. Je lui ai dit de ne pas s'en faire, lui ai promis d'être bien prudent et de lui téléphoner demain.

À peine avais-je raccroché que j'ai composé le numéro du presbytère, bien décidé, cette fois, à rappeler au père Steiger que j'attendais toujours l'avance qu'il avait déjà oublié de me remettre la veille. En entendant ma voix, il m'a demandé aussitôt s'il y avait du neuf. J'ai dit que je n'étais pas mécontent de ma journée, mais que ce n'était pas pour lui en faire un compte rendu que je l'appelais. Il y a eu un instant de silence. C'est au sujet de mon avance, ai-je repris. Et je n'ai pas eu besoin d'en dire plus. Il s'en est souvenu tout de suite et s'est alors confondu en excuses. Où ai-je la tête ?! J'ai votre enveloppe sous les yeux, m'a-t-il dit. Et il m'a proposé de passer la prendre au presbytère, demain matin, à la première heure. Je l'en ai remercié. Il s'est encore excusé longuement, tant et si bien que cela a fini par me gêner, et je lui ai dit que ce n'était pas bien grave, que je n'étais pas non plus à quelques jours près, qu'on aurait même pu convenir d'un règlement en une seule fois, à la fin de mon travail, mais que j'avais tout de même quelques frais au quotidien, des dépenses déjà engagées, que j'aurais certes pu avancer, mais comme c'était ce que nous avions convenu, je me permettais de le lui rappeler. Et vous avez bien fait ! m'a-t-il assuré. Alors, à demain, j'ai dit, et j'ai raccroché sans penser à lui demander l'adresse du presbytère.

Ensuite, je me suis fait couler un bain. Les yeux clos, dans l'eau bien chaude, j'ai fait le point. Je n'avais pas perdu mon temps, aujourd'hui, et les choses se précisaient. Grâce aux éléments que je possédais déjà, à mes observations, au témoignage du sacristain, sans vouloir tirer de conclusions hâtives, il était assez facile d'imaginer de quelle manière s'étaient produits les événements. Tout naturellement, grâce à ce qu'il faut bien appeler mon intuition professionnelle, les images se sont déroulées dans ma tête, comme le film de cette fameuse nuit. Et c'est ainsi que je voyais les choses : après la messe de minuit, comme il le fait chaque année depuis qu'il exerce ses fonctions, le sacristain attend que les fidèles aient quitté l'église et soient rentrés chez eux. C'est à ce moment-là, une fois la place redevenue déserte, qu'il sort un carton du placard de la sacristie, et de ce carton, l'enfant qu'il prend dans ses bras pour l'emporter jusque dans la crèche et le coucher délicatement dans la mangeoire, sur la paille. Cependant, alors qu'il se croit à l'abri de tous les regards, il est épié, car, tapi dans l'ombre, dans une voiture, ou au coin d'une rue, le futur coupable l'observe et attend. Une fois son travail effectué, le sacristain qui ne se doute de rien quitte la crèche, ferme l'église, puis s'éloigne et rentre chez lui. Alors l'individu, enfin, apparaît et s'approche à son tour de la crèche. Il s'assure une dernière fois qu'il ne risque pas d'être vu, puis il enjambe la corde et se dirige vers l'enfant. Comme il est tendu, qu'il se doit d'agir vite, et que l'endroit est un peu exigu, au passage il bouscule et renverse l'un des bergers, voilà pourquoi, en heurtant le sol, celui-ci se fait cette ébréchure au front que j'ai pu constater. Il s'empresse alors de le relever, puis s'approche de l'enfant et s'empare de lui. Le met-il dans un sac ? Rien ne le dit. Mais il est fort probable, même si les rues sont désertes, qu'il ait pris certaines précautions pour ne pas risquer d'être aperçu avec sa victime sous le bras. Et lorsqu'il quitte la crèche et disparaît, il ne se doute pas qu'il laisse derrière lui cette bouloche de laine bleue qui l'accable.

Ce n'était bien sûr qu'une hypothèse, mais elle me semblait relativement cohérente, et même si quelques zones d'ombre subsistaient encore – ce qui, à ce stade de l'enquête, était on ne peut plus normal –, voilà comment les choses devaient s'être passées.

Une fois hors de l'eau et sec, même si j'avais encore un peu de temps devant moi, j'ai commencé à me préoccuper de mon dîner et me suis dit qu'une dernière fois, avant de toucher mon avance, j'allais me rendre chez Izmir, d'où j'étais sûr de ressortir rassasié à bon prix. Cependant, alors que je m'apprêtais à me rhabiller, en jetant un regard par la fenêtre, j'ai vu que la rue était déserte et qu'il neigeait encore. Un long frisson m'a parcouru le dos et je me suis dit qu'après tout cela ne me ferait pas de mal de jeûner ce soir.

J'ai allumé la télé, mais n'y ai pas prêté attention. Je me suis mis au lit avec mon carnet et j'ai relu mes notes. De temps en temps, je jetais un regard distrait vers l'écran, puis me replongeais dans mon travail. J'ai souligné ou entouré certains détails qui m'avaient échappé et me semblaient importants, de plusieurs traits, même, lorsque j'estimais qu'ils en valaient vraiment la peine. Je réactualisais mes notes de la veille, les complétais parfois de petits commentaires, de croquis, si nécessaire, de dessins abstraits qui n'avaient pour fonction que de m'aider à réfléchir, si bien qu'au bout du compte j'avais du mal à me relire et à dégager de ces gribouillis ce qui allait vraiment pouvoir faire avancer l'enquête.

Un stylo rouge m'aurait été bien utile, me suis-je dit, afin que me saute aux yeux l'essentiel. C'est pourquoi, sur une nouvelle page, destinée à recueillir mes notes du lendemain, pour préparer ma journée, j'ai inscrit la date du jour et juste en dessous, pour ne pas l'oublier : « acheter un stylo rouge ».

Ce n'est qu'après avoir posé mon carnet sur la table de chevet, après avoir éteint la télévision et la lumière, que j'ai remarqué que le radiateur émettait un sifflement ininterrompu, on ne peut plus agaçant. Ce n'est qu'une fois immobile sous les draps, dans l'obscurité, que j'ai ressenti, plus encore que la veille, les morsures de toutes ces miettes. Était-ce parce qu'elles avaient séché qu'elles me semblaient plus acérées ou y en avait-il encore de nouvelles ? J'ai rallumé la lumière, excédé. Je sais bien qu'il aurait fallu, pour que cela cesse, défaire entièrement mon lit, retirer les draps, les secouer à la fenêtre, mais comme celle-ci ne s'ouvrait pas, je me suis contenté de balayer les plus grosses du plat de la main, jusqu'au bord du matelas. Et tandis que je m'y employais, en déplaçant mon oreiller, je suis tombé sur une espèce de fil translucide, entortillé sur lui-même, une sorte de ruban très fin, plus précisément, dont la largeur n'excédait pas un millimètre, et d'une vingtaine de centimètres, au moins, pour ce qui était de sa longueur, une fois déroulé.

À l'une de ses extrémités, sur un petit centimètre, y était collée un peu d'une matière rose et grasse au toucher. J'avais mon idée.

En reniflant mes doigts, l'odeur a fini de me convaincre, et il ne m'a pas fallu plus longtemps, alors, pour conclure, outré, que ce que je venais de trouver là, dans mon lit, c'étaient les restes d'une tranche de mortadelle, assurément.

On dit : « Qui dort dîne », mais ce qu'on ne dit pas, c'est que qui ne dîne pas ne dort pas, ce que j'ai pu vérifier à mes dépens, car une heure, à peine, après avoir enfin pu trouver le sommeil, je me suis réveillé avec un véritable nœud à l'estomac.

Le radiateur sifflait plus fort encore que tout à l'heure. Il aurait pourtant suffi, pour le faire taire, de refermer un peu le robinet, qui était ouvert à fond, mais il n'avait sans doute pas été manipulé depuis longtemps et était complètement grippé.

Je finirai bien par m'y habituer, pensais-je, et je me suis remis au lit, mais sans me rendormir pour autant. À cause de ce radiateur, j'ai songé à ma chaudière, au prix exorbitant que nous coûterait sûrement la réparation, et, par conséquent, j'ai pensé à mon avance, me suis demandé combien de temps elle me permettrait de tenir, puis, de mon avance, j'en suis venu au prêtre, avec lequel je regrettais d'avoir été aussi sec au téléphone. Comment avais-je pu parler ainsi à un homme d'Église ? Avec toutes les paroisses dont il avait la charge, les messes, les baptêmes, les mariages, les enterrements, les confessions, les sermons à écrire, les visites aux malades, les leçons de catéchisme, et que sais-je encore, il avait sûrement quantité de choses en tête autrement plus importantes que ma misérable enveloppe. Comment avais-je pu être aussi maladroit et lui réclamer mon argent de la sorte, comme un cafetier las de faire crédit à un vulgaire client ? Et comme il avait dû se sentir mal à l'aise, aussi, en raccrochant, et sûrement bien déçu par la vénalité de ma personne, qui plus est.

J'en étais terriblement honteux et m'en serais sûrement encore voulu un bon moment si, soudain, les mêmes bruits que la nuit précédente ne s'étaient pas fait entendre, chassant aussitôt le père Steiger de mon esprit.

De nouveau, dans une chambre voisine, on gémissait, on glapissait, on jappait, on bramait, on poussait de petits et de grands cris, tantôt graves, tantôt suraigus, mêlés ou alternés. Qu'on se permette, me disais-je, de temps en temps, une bonne partie de jambes en l'air, je n'ai rien contre, je ne suis moi-même pas tout à fait désintéressé par la question, mais deux jours de suite, avec la même ardeur feinte, la même volonté de se donner en spectacle, c'était insupportable et j'étais bien décidé à ne pas tolérer cela une minute de plus.

Je me suis vêtu à la hâte, excédé, et suis sorti dans le couloir pour chercher d'où provenait ce tapage. J'ai collé mon oreille aux portes des deux chambres qui jouxtaient la mienne, puis à la porte de la chambre d'en face. Tout semblait calme. J'ai pris l'escalier et suis descendu à l'étage du dessous, où tout était paisible également. Je suis alors monté à l'étage supérieur, et c'était là, semblait-il, dans la chambre située juste au-dessus de la mienne, que l'on copulait sans gêne. J'ai tout de même passé un peu de temps à écouter à la porte, pour en être absolument sûr, et non seulement j'en ai eu la confirmation, mais à l'écoute des voix qui s'exprimaient, j'ai compris qu'il y avait probablement plus de deux personnes qui participaient aux réjouissances.

Cependant, qu'ils aient été deux, trois ou cinq, cela ne changeait rien, car lorsque j'ai frappé bien fort du poing contre la porte, ce fut comme si un grand seau d'eau glacée tombait sur eux. Et dans la seconde qui a suivi, on n'a plus entendu un seul soupir, plus le moindre halètement. Ça a été la détumescence générale. Le zéro absolu.

Je suis redescendu, assez fier de l'efficacité avec laquelle je m'étais fait entendre. J'ai regagné ma chambre et mon lit et, dans le silence religieux qui régnait de nouveau, le père Steiger a pu reprendre sa place dans mes pensées. Puis j'ai songé à mon avance, et de mon avance, j'en suis venu à cette chaudière à réparer, et de cette chaudière, tout naturellement, à ce radiateur qui sifflait.

En matière de sourire, l'hôtelière savait y faire. Rien qu'en montrant ses grandes et belles dents, elle aurait transformé sans peine n'importe quel grincheux en client réjoui. Elle y ajoutait quelques battements de cils et le tour était joué.

Pour ma part, je n'étais pas dupe, et lorsque après mon petit déjeuner je suis descendu dans le hall et qu'elle m'a fait son numéro, en me demandant si j'avais passé une bonne nuit, je me suis tout de même laissé aller à lui confier que j'avais eu du mal à m'endormir. Ah bon ?! s'est-elle exclamée, d'un air affligé. Je ne me suis pas démonté pour autant et j'ai ajouté que c'était parce qu'il y avait eu un peu de bruit dans la chambre du dessus. Ah bon ?! a-t-elle répété, avec la même gravité. Je n'ai pas faibli. Oui, cela provenait de la 408, ai-je précisé. Elle a consulté son registre avant de prendre un air contrarié. Vraiment ? Vous en êtes sûr ? Absolument sûr, ai-je répondu. C'est pourtant un monsieur d'un certain âge qui l'occupe, m'a-t-elle précisé. Eh bien, croyez-moi, ai-je rétorqué, il est encore en pleine forme. Comment ça ? m'a-t-elle demandé. Aucune importance, ai-je répondu, en éludant sa question, ça n'a pas duré bien longtemps, je suis allé frapper à sa porte et tout est rentré dans l'ordre. C'est très embêtant, tout de même, a-t-elle poursuivi. Ne vous en faites pas pour si peu, j'ai fait. Voulez-vous que je lui en parle ? m'a-t-elle demandé encore, l'air préoccupé. Surtout pas, ai-je répliqué, puisque je vous dis que ce n'est rien. Peut-être, mais j'en suis toute retournée, maintenant, m'a-t-elle confié, en se frottant les bras comme si elle avait froid. Et c'est vrai qu'elle en tremblait, et que tout son visage et sa poitrine s'étaient soudain couverts de plaques écarlates. Je l'ai exhortée à se calmer, lui ai assuré que je ne voulais pas qu'elle se mette dans cet état-là. Ce n'est pas votre faute, m'a-t-elle répondu d'une voix saccadée, mais, vous savez, je n'ai qu'un seul but dans mon métier, c'est la satisfaction de mes clients. Et lorsque l'un d'eux se plaint, cela signifie que j'ai échoué. Vous pouvez consulter le livre d'or, m'a-t-elle dit encore, nous n'avons d'ordinaire que des éloges. Je n'en doute pas un seul instant, ai-je répondu, avant de lui poser une main réconfortante sur l'épaule. Croyez bien que ce n'était pas une plainte, ai-je poursuivi. C'était pour le plaisir d'avoir quelque chose à vous dire, simplement pour prolonger la conversation. Vous êtes bien aimable, m'a-t-elle dit, avant d'ajouter qu'elle se sentait ridicule. C'est moi qui suis maladroit, ai-je rétorqué.

Puis, petit à petit, elle a fini par se calmer, d'autant que la porte de l'ascenseur s'est ouverte et qu'elle a dû prendre sur elle pour sourire à la dame au petit chien, qui a déposé sa clé. Faisons comme si je n'avais rien dit, voulez-vous ? lui ai-je proposé, une fois que la cliente s'en fut allée. Elle a pris une profonde inspiration et a hoché la tête pour acquiescer. En fait, je voulais vous demander un petit renseignement, lui ai-je fait alors. Elle a retrouvé son grand sourire. Pourriez-vous me dire comment me rendre au presbytère, s'il vous plaît ? Au presbytère ? m'a-t-elle répété, interloquée. Vous avez des choses à confesser ? s'est-elle laissée aller à plaisanter, avec dans la voix, ai-je cru déceler, une petite intonation coquine qui ne m'a pas laissé de marbre. Aussi, peut-être me suis-je un peu emballé en surenchérissant. À part quelques regards dans votre décolleté, rien de plus pour l'instant, ai-je répondu. Elle a poussé un petit « oh ! » en baissant les yeux, tandis que je me demandais, honteux, d'où cela m'était sorti et qui avait parlé à ma place. Excusez-moi, ai-je balbutié, alors. Il n'y a pas de mal, m'a-t-elle répondu. J'ai enchaîné. C'est que, plus sérieusement, je suis représentant en vin de messe, voilà pourquoi j'aurais besoin de cette adresse. Elle a eu l'air étonné. Je croyais que c'était en roulements à billes, m'avait dit mon mari. Oui, aussi, ai-je répondu. Malheureusement, on ne fait pas bouillir la marmite rien qu'en vendant un peu de vin de messe, dont le marché n'est pas au mieux.

C'est avec les roulements à billes que je fais le plus gros de mon chiffre. Bien que je fusse assez fier de ma repartie, elle ne m'a pas semblé tout à fait convaincue. C'est original, m'a-t-elle dit, avec ce que j'ai perçu comme une pointe d'ironie. Et sur votre carte de visite, qu'y a-t-il d'inscrit, alors ? m'a-t-elle demandé encore : « Vin de messe et roulements à billes » ? J'en ai deux, ai-je répliqué sans me laisser démonter. Et nous en sommes restés là.

Elle s'est alors saisie d'un petit plan de la ville, sur lequel elle s'est penchée. Elle a fait une croix dessus à l'adresse du presbytère et me l'a tendu. Je l'ai remerciée et lui ai souhaité une bonne journée. Elle m'a encore demandé à quelle heure je comptais être de retour. Pas avant ce soir, ai-je répondu, je vais avoir une journée chargée. Dans ce cas, m'a-t-elle dit, je n'aurai plus le plaisir de vous revoir aujourd'hui. À demain, alors, j'ai fait. Puis j'ai enfilé mes gants et suis sorti.

Au bout de quelques pas, l'air glacé avait fait son effet et me remettait doucement les idées en place. Cesse de t'imaginer je ne sais quoi, me disais-je. Pense à ta famille et à ta chaudière. Reste concentré sur ton enquête. Tu dois n'avoir que cela en tête.

J'ai sonné à la porte du presbytère, à deux reprises, avant qu'une femme assez forte ne vienne m'ouvrir. Elle avait de gros pieds enflés qui débordaient de ses chaussures, et sa jambe gauche était bandée de la cheville jusque sous le genou. J'aurais aimé voir le père Steiger, s'il vous plaît, j'ai fait. Il n'est pas là, m'a-t-elle répondu. Comment ça? me suis-je étonné, j'ai rendez-vous avec lui. À quelle heure? m'a-t-elle demandé. Je lui ai expliqué qu'il ne m'avait pas donné d'heure précise, qu'il m'avait simplement dit de passer dans la matinée. Il a sûrement oublié qu'on était jeudi, a-t-elle remarqué. Et alors? j'ai fait. Eh bien, il est à la piscine, m'a-t-elle dit, comme si c'était une évidence qu'elle devait me rappeler. À la piscine?! ai-je répété, stupéfait. Comme tous les jeudis matin, oui, depuis des années. Je n'ai pas su quoi dire. J'ai soupiré longuement. Cela bouleversait tout mon programme de la journée. J'ai fixé ses gros pieds, un instant, le temps de réfléchir, puis j'ai relevé les yeux et lui ai demandé, à tout hasard, s'il n'avait rien laissé pour moi. Je ne crois pas, m'a-t-elle répondu, il me l'aurait dit. Bon, eh bien je repasserai en début d'après-midi, alors, j'ai fait. Ce n'est pas la peine, il ne sera pas là non plus. Et pourquoi ça ? ai-je demandé. Parce qu'il va voir sa mère, tous les jeudis après-midi. Ah bon ? ai-je repris, dépité. Et dans la soirée, alors ? Elle a haussé les épaules. Vous pouvez toujours essayer de repasser, si vous voulez, mais le soir, il n'est pas souvent là, vous savez. Ah... et où est-il, alors ? Ça, je ne sais pas. Je ne suis pas au courant de tout ce qu'il fait. Et ça ne me regarde pas, a-t-elle ajouté. Que voulez-vous dire par là ? ai-je répliqué, car ces derniers mots me semblaient bien insinuer quelque chose. Je ne veux rien dire de plus que ce que je dis, s'est-elle défendue. Je dis que ça ne me regarde pas, c'est tout. Je n'ai pas insisté. Cela n'aurait servi à rien. J'ai dit que j'appellerais le père Steiger afin de convenir d'un nouveau rendez-vous avec lui, ce qu'elle m'a encouragé à faire.

 Inutile de préciser à quel point j'étais contrarié que le prêtre m'ait fait faux bond de la sorte. À peine avait-elle refermé la porte que déjà je composais son numéro pour lui dire un peu ma manière de penser. Je savais bien qu'il n'allait pas me répondre, mais je lui ai laissé un message où je lui ai expliqué que j'étais passé au presbytère pour mon avance, comme nous l'avions convenu, que je m'étonnais qu'il n'ait pas été présent et que, comme sa gouvernante m'avait informé qu'il ne serait pas là cet après-midi non plus, ni probablement ce soir, j'aurais aimé qu'il me rappelle – sans délai, ai-je dit – pour que nous convenions d'un nouveau rendez-vous. Puis j'ai raccroché, assez content de m'être exprimé à la fois avec clarté et autorité.

Un peu trop d'autorité, peut-être, ai-je tout de même regretté, alors que je quittais la rue du presbytère. Qu'avais-je eu besoin de lui préciser «sans délai»? me disais-je. C'était grotesque et inapproprié. Aussi, ai-je préféré le rappeler pour tempérer un peu mes propos et ne pas le laisser sur cette mauvaise impression. J'ai laissé un second message et lui ai dit que je me permettais de le rappeler pour lui dire que s'il ne pouvait pas me recevoir – ce que je comprenais fort bien, vu ses obligations – et qu'il préférait me déposer mon enveloppe à l'hôtel, je n'y voyais bien sûr aucun inconvénient. Et avant de raccrocher, j'ai ajouté que s'il pouvait me rappeler aujourd'hui ou demain, quand il en aurait le temps, pour me dire ce qui l'arrangeait, ce serait bien aimable de sa part. Merci.

Si j'avais quitté le presbytère avec mon argent en poche, comme je l'avais prévu, la première chose que j'aurais faite aurait été d'aller me mettre enfin les pieds au chaud et au sec, en m'offrant cette paire de bottines fourrées que j'avais repérée. Il n'en était évidemment plus question pour l'instant et, en passant devant le magasin de chaussures, je m'étais fait une raison, et je jure que je n'avais aucune intention d'y entrer.

Pour m'aider à patienter, j'ai simplement voulu les regarder encore dans la vitrine. Cependant, comme je les ai cherchées du regard sans les trouver, je me suis inquiété et, simplement afin de m'assurer qu'elles n'avaient pas été vendues, je suis entré dans la boutique pour me renseigner.

Lorsque la vendeuse est venue à ma rencontre, je lui ai expliqué que j'avais vu une paire de bottines fourrées dans la devanture, hier encore, et qu'elles n'y étaient plus aujourd'hui. Elle a aussitôt compris de quel modèle je parlais et m'a expliqué qu'elle les avait déplacées ce matin et qu'elles se trouvaient maintenant dans l'autre vitrine, qui donnait sur la rue perpendiculaire à celle que je venais d'emprunter. J'y ai jeté un coup d'œil et, effectivement, elles y étaient bien. Me voilà rassuré, j'ai dit. Naturellement, elle m'a proposé de les essayer. Je n'allais pas lui avouer que je n'avais pas encore l'argent qui me permettrait de me les payer, alors j'ai dit que j'étais assez pressé et que je repasserais tranquillement demain. Bien sûr, m'a-t-elle répondu, j'espère qu'elles seront encore là. On ne me la fait pas, j'ai pensé. Je connaissais ces ruses grossières et n'avais aucune intention de m'y laisser prendre. J'ai pris un air détaché et lui ai dit que d'ici demain il en resterait sûrement encore une petite paire pour moi. Sinon tant pis. Tout dépend de votre pointure, m'a-t-elle répondu en souriant. C'est un modèle que nous avons très bien vendu. J'ai dit que je chaussais du 45. Houla! s'est-elle exclamée. Comment ça «Houla»? j'ai fait. C'est que c'est une grande taille, nous n'en avons pas rentré beaucoup et je ne suis pas sûre qu'il m'en reste. Vraiment? j'ai dit. Je vais aller voir en réserve, si vous voulez. S'il vous plaît, oui. Puis j'ai attendu un bon moment, non sans une certaine anxiété, qu'elle réapparaisse avec une boîte à la main. Vous avez de la chance, ce sont les dernières dans votre pointure. Cela vous embêterait, lui ai-je demandé, de me les mettre de côté jusqu'à demain, ou après-demain au plus tard? Je n'en ai pas le droit, malheureusement, m'a-t-elle répondu. Mais essayez-les, je vous en prie, cela ne coûte rien. Je lui ai répété que j'avais un rendez-vous, que j'allais être en retard et que je préférerais vraiment revenir demain. Elle m'a répliqué que cela ne me prendrait que deux minutes. J'ai regardé ma montre, elle a insisté encore, si bien que j'ai cédé et me suis assis sur le petit banc qu'elle m'a proposé. J'ai délacé ma chaussure gauche et l'ai retirée. Elle m'a dit que j'avais le pied fin. Flatterie… j'ai pensé. J'ai enfilé la bottine qu'elle avait sortie de sa boîte. Elle m'a dit que j'avais du goût, que c'était vraiment un joli modèle. Je me suis levé, j'ai tendu ma jambe et fait pivoter mon pied sur mon talon, dans un sens et dans l'autre, puis l'ai observé dans le miroir. Alors ? m'a-t-elle demandé. C'est vrai qu'elles sont élégantes, j'ai dit. Et on est bien dedans, surtout. Elle m'a conseillé de passer les deux et de faire quelques pas pour mieux en juger. J'ai fait le tour du magasin, et j'ai bien fait, car autant celle de gauche m'allait comme un gant, c'était évident, autant celle de droite me semblait un tout petit peu serrée. Mais ce n'était peut-être qu'une impression, je n'en étais pas absolument convaincu. J'avais simplement un doute et j'en ai fait part à la vendeuse. C'est normal, m'a-t-elle répondu, on a toujours un pied plus fort que l'autre. C'est curieux, j'ai fait. C'est comme ça pour tout le monde, m'a-t-elle assuré, pas peu fière de me l'apprendre. J'ai tout de même demandé à essayer la pointure supérieure, pour en avoir le cœur net, mais elle n'en avait plus. C'est dommage, j'ai dit, je me serais mieux rendu compte. Alors elle s'est agenouillée devant moi pour appuyer avec son pouce sur la pointe de mon pied. On dirait qu'il y a encore de la place, pourtant. Vous touchez, au bout? Non, pas vraiment, j'ai fait. J'ai l'impression que c'est plutôt en largeur que ça me serre un peu. Il faut voir qu'elles sont neuves, aussi, elles vont se faire, c'est tout de même un cuir assez souple. Vous pensez? j'ai dit. C'est sûr, elles vont se détendre un peu. C'est à prendre en compte, effectivement, ai-je reconnu. J'ai refait quelques pas et suis revenu vers elle. C'est vrai, ce n'est pas flagrant, j'ai dit, c'est sûrement que celles que je porte en ce moment sont tellement distendues que je n'ai plus l'habitude. Tout à fait, m'a-t-elle répondu. Et puis mieux vaut la sensation d'être bien contenu que celle d'avoir le pied qui flotte. Qu'en pensez-vous? lui ai-je encore demandé, afin qu'elle achève de me rassurer tout à fait. Absolument, m'a-t-elle confirmé.

Je les ai encore regardées un instant, j'ai fait quelques mouvements avec mon pied et me suis enfin décidé. Dans ce cas, j'ai dit, mettez-les-moi de côté, s'il vous plaît. Je viendrai les prendre demain, en fin de journée. Elle a fait la moue. Moi, ça ne me poserait pas de problème, mais je me ferais disputer par ma patronne, vous comprenez. Très bien, ai-je conclu, je les prends tout de suite, alors, n'en parlons plus. Et je vais les garder aux pieds. Alors elle a rangé mes vieilles chaussures dans la boîte. Elle a glissé la boîte dans un sac en papier et, avant que je paie, elle a encore tenté de me vendre un de ces produits d'entretien fumeux, en me disant que c'était important par ce temps-là. Et puis du cirage, aussi, que j'aurais sûrement payé le double de son prix. C'était de bonne guerre, mais je n'étais pas du genre à me laisser embobiner par ces méthodes. J'ai tout refusé, j'ai dit que j'avais tout ce qu'il me fallait, merci, et j'ai payé par chèque, ce qui me laisserait un peu le temps de me retourner.

Juste avant de me tendre mon sac, elle m'a demandé si j'avais des enfants. Pourquoi cette question ? j'ai pensé. Je m'en suis méfié un peu, mais j'ai tout de même répondu que j'en avais deux. Alors, elle a glissé deux ballons de baudruche dans le sac. Un rouge et un bleu. C'est gentil, j'ai dit, tout en regrettant de ne pas lui avoir répondu que j'en avais trois.

J'ai quitté la boutique et me suis efforcé de ne pas penser au prix que mes bottines m'avaient coûté. C'était pour moi un outil de travail indispensable, mon unique moyen de locomotion, et je n'avais aucun regret à avoir.

Je savourais chacun de mes pas, et cette impression nouvelle d'être chaussé de petits nuages. Je me détournais pour marcher tout exprès dans les tas de neige et ne ressentais plus le froid.

Avec ces bottines de sept lieues, j'avais le sentiment que mon enquête allait maintenant prendre le rythme de ce pas nouveau.

Du reste de la journée, rien de particulier à dire. Je déjeunai rapidement chez Izmir d'une formule Kebab. Sur le chemin du retour, je passai prendre un café au bar-tabac de la place où, malgré mes tentatives pour recueillir quelques nouveaux témoignages, je n'ai rien appris que je ne sache déjà.

Je retournai à l'hôtel un peu plus tôt que prévu pour retirer mes bottines et soulager mes pieds, surtout le droit. Mais rien d'inquiétant à cela, elles étaient neuves et je devais m'y habituer progressivement.

C'est alors que mon téléphone a sonné et, au même moment, je me suis souvenu que j'avais oublié d'appeler chez moi, ce matin, comme je l'avais promis. C'est évidemment ce qu'elle m'a reproché. Je m'en suis excusé, lui ai expliqué que je n'avais pas eu une seconde, aujourd'hui. J'ai demandé comment allaient les enfants. Un peu mieux, m'a-t-elle dit. Voilà une bonne nouvelle, j'ai fait. Et le chauffagiste est venu, aussi, a-t-elle ajouté. Et qu'est-ce qu'il a dit? j'ai demandé. Un homme très sympathique, m'a-t-elle précisé. J'ai rétorqué que cela ne garantissait pas qu'il soit compétent. Elle m'a assuré du contraire, m'a dit qu'il s'était donné bien du mal, mais qu'il n'avait rien pu faire parce qu'il fallait changer une pièce qu'il devait d'abord commander. Ben voyons! j'ai fait. Et combien cela va-t-il nous coûter? Elle m'a dit qu'il n'en avait pas parlé. Ce n'est pas bon signe, j'ai remarqué. Et ton avance, au fait? m'a-t-elle demandé. Il y a eu un contretemps, j'ai répondu. Mais demain, demain matin, sûrement. J'ai préféré ne pas parler de mes bottines, ce n'était pas le moment. Embrasse bien les enfants, j'ai dit. Tu leur manques, elle m'a fait. Ils me manquent aussi, j'ai dit, et j'en ai même eu la larme à l'œil. Sais-tu déjà quand tu vas rentrer? C'est encore un peu tôt pour le dire, j'ai répondu, mais les choses avancent, tu sais. Et puis soudain, il y a eu des pleurs et elle s'est mise à hurler. Alphonse est tombé sur le nez! s'est-elle écriée, à cause de son frère! J'ai encore entendu des cris. Et le grand s'est mis à pleurer aussi. Je te laisse, alors, j'ai dit. Je te rappellerai plus tard.

Bien que je fusse impatient de mettre mes nouvelles bottines à l'épreuve, au cours d'une longue filature, j'ai jugé bon d'attendre encore un peu que le cuir se détende, et de trouver aussi un suspect digne d'intérêt à filer. Ceux que j'avais pour l'instant sous la main ne valaient vraiment pas la peine que je me fasse une ampoule.

Pour l'heure, je me rendais au salon de coiffure, à deux pas de l'église. C'était une idée que j'avais eue dans la nuit. Là-bas, me disais-je, je n'aurais sûrement qu'une question à poser pour que les langues se délient.

D'ordinaire, on ne coiffe que les dames, m'a dit la patronne, alors que je venais d'entrer. J'ai fait mine de m'étonner. C'est que je ne suis pas d'ici, j'ai dit, je ne savais pas. C'est écrit sur la vitrine, a-t-elle ajouté. Dans ce cas, tant pis, j'ai fait. Mais puisque vous êtes là, et si vous n'êtes pas pressé, installez-vous, s'est-elle ravisée. Je l'en ai remerciée. Alors elle m'a débarrassé de mon manteau, j'ai pris un fauteuil et un magazine et me suis assis à côté d'une dame qui attendait son tour également. Deux autres clientes se faisaient coiffer, côte à côte, l'une par la patronne, l'autre par une employée, bien plus jeune. Un peu à l'écart, sous un casque, il y avait encore une vieille femme qui s'était assoupie, la bouche entrouverte, un journal entre les mains. On aurait dit qu'elle était en train de sécher là depuis toujours. Je l'ai observée un long moment avant de pouvoir apercevoir chez elle un mouvement de poitrine qui indiquait bien qu'elle respirait encore.

La plus jeune des clientes avait tout de même une soixantaine d'années. C'est elle dont la patronne s'occupait. Depuis que je m'étais installé, elle parlait avec sa voisine de la reine d'Angleterre, qui avait toujours la santé, et se demandait, d'ailleurs, quel âge au juste elle pouvait bien avoir. Et chacune y est allée de sa supposition, les coiffeuses s'en sont mêlées, jusqu'à ce que la dame qui patientait à côté de moi mette un terme au débat, parce que dans la revue qu'elle lisait il y avait justement un article à son sujet, où figurait sa date de naissance. Alors tout le monde a paru bien étonné et a reconnu qu'elle ne faisait vraiment pas son âge. C'est qu'elle se l'est coulée douce, aussi, a dit la cliente que coiffait la patronne. C'est vrai qu'elle n'aurait pas la même allure si elle avait passé sa vie à faire des ménages, a renchéri sa voisine. Et la dame assise à mon côté a fait remarquer que c'étaient les couleurs qu'elle portait qui la rajeunissaient. Moi, pour dire quelque chose et tenter de gagner leur sympathie, j'ai ajouté qu'elle avait toujours de jolis chapeaux, ce qui n'a intéressé personne.

En tout cas, je n'échangerais pas ma vie contre la sienne, a fait la jeune coiffeuse, du bout des lèvres. Elle non plus, rassurez-vous, lui a rétorqué sa cliente. C'est alors que la vieille femme, sous son casque, a prononcé quelques mots. Vous disiez, madame Dahl ? lui a demandé la patronne, en se retournant vers elle. Mais ses yeux étaient toujours clos, et elle avait dû rêver. Dans son sommeil, ses mains s'étaient entrouvertes, et le magazine qu'elle tenait jusqu'alors lui échappait peu à peu, glissait doucement jusqu'au bord de ses genoux.

J'attendais le moment idéal pour jeter ma ligne à l'eau et pêcher quelque information qui puisse contribuer à faire avancer un peu mon enquête. J'attendais l'instant précis où mon intervention paraîtrait naturelle, afin qu'on ne se dise pas de moi : ce type est bizarre avec ses questions. J'attendais en vain, quand les choses ont fini par arriver d'elles-mêmes, lorsque, à l'initiative de la patronne, tout le monde s'est mis à parler de ses projets du lendemain, pour la nouvelle année. L'une avait prévu de se rendre à un banquet, l'autre fêterait ça en famille, la patronne a dit que son mari la sortait au restaurant – au *Saint-Louis*, a-t-elle précisé, pas peu fière –, tandis que ma voisine a déclaré qu'elle irait se coucher de bonne heure, comme tous les jours. La jeune coiffeuse, elle, a qui personne n'avait rien demandé, a dit qu'elle irait danser.

Eh oui, encore une année de passée, a conclu la patronne. Espérons qu'elle commencera mieux que l'autre n'a fini, a répondu sa cliente. Avec ce qui s'est passé la nuit de Noël, a-t-elle ajouté, à l'intention de ceux qui n'avaient pas saisi à quoi elle faisait allusion. Vous parlez de la crèche ? a dit la patronne. Ça y est, me suis-je dit, nous y voilà. C'est tout de même malheureux, non ? a repris sa cliente. Y a plus de respect pour rien, a fait sa voisine. Et c'est alors que la dame, à côté de moi, a dit que c'étaient des jeunes qui avaient fait le coup. Le moment était venu d'intervenir. Des jeunes ? ai-je répété, en me tournant vers elle, vous croyez vraiment ? Évidemment ! m'a-t-elle répondu, sur la défensive, pensant que je cherchais à mettre sa parole en doute. Mais plus précisément ?... lui ai-je demandé encore. Mais des jeunes qui traînent, pardi ! s'est-elle exclamée alors, franchement agacée. Et à force de traîner comme ça toute la journée, à pas savoir quoi faire, il leur vient des tas d'idées tordues dans la tête. Vous avez raison, a fait la patronne, c'est sûrement ça. C'est aussi la faute des parents, a fait remarquer sa cliente. Ils ont bon dos, les parents, a rétorqué sa voisine. Je suis bien d'accord, ils sont complètement dépassés, a dit la dame assise à mon côté. Mais vous, personnellement, vous les avez vus ? lui ai-je demandé, pour lui tirer un peu les vers du nez. Mais bien sûr, m'a-t-elle répondu, j'en vois tout le temps, on ne voit que ça. Dès qu'il y a un rayon de soleil, ils sont là, vautrés sur les marches de l'église, à rire bête, à se bécoter, à fumer des cigarettes, et les mégots partout sur les marches, et leurs grandes jambes qu'ils savent pas où mettre et qui demandent qu'à vous faire trébucher, et il faudrait en plus leur dire pardon quand on veut passer pour aller brûler un cierge. Tandis qu'elle poursuivait encore sur le même ton et que je tentais de la suivre, afin de pouvoir consigner plus tard son témoignage dans mon carnet, j'ai soudain perdu le fil de son discours, à cause de son gilet dont je venais de remarquer la couleur. De mémoire, il me semblait d'un bleu similaire à celui de la bouloche que j'avais trouvée dans la crèche. Et bien qu'à première vue la dame ne me parût en rien suspecte, pour ne négliger aucune piste, sous le prétexte de lui retirer un cheveu qui se serait déposé sur son vêtement – vous permettez? j'ai fait –, du bout des doigts, ni vu ni connu, j'ai prélevé un échantillon de laine de son gilet et l'ai glissé discrètement dans ma poche, entre deux pages de mon carnet.

Et puis le magazine posé sur les genoux de la vieille dame a fini par tomber, si bien qu'elle a ouvert les yeux. Il lui a fallu du temps pour comprendre où elle était. Elle a voulu prononcer un mot, mais de sa gorge n'est sorti qu'un filet de voix ensommeillé. La patronne s'est retournée vers elle. Ça va, madame Dahl? Ça va, a-t-elle réussi à répondre, après s'être éclairci la voix. Encore un petit quart d'heure et je m'occupe de vous, lui a dit la patronne, en regardant sa montre. Alors elle a souri avant de refermer les yeux.

Des jeunes qui traînent, me répétais-je. Pourquoi pas ? Ce n'était certes pas un témoignage de premier ordre, mais cela méritait tout de même que je me penche sur la question.

Et vous ? a demandé la patronne. C'était à moi qu'elle s'adressait, j'ai mis un peu de temps à le comprendre. Pardon ? j'ai dit. Et vous, monsieur, m'a-t-elle répété, pour le réveillon, vous avez des projets ?

J'ai retiré la neige qui recouvrait le rétroviseur d'une voiture, garée le long du trottoir. J'ai essuyé le miroir du bout de mes doigts gantés et m'y suis regardé longuement, sans vraiment me reconnaître. Ce n'était pourtant pas faute de lui avoir dit «pas trop court», il me semblait même avoir été assez insistant, mais elle n'en avait fait qu'à sa tête et, outre le fait que cela me donnait un air idiot, j'avais maintenant encore plus froid aux oreilles. En plus de l'argent que j'avais dépensé, et étant donné le peu de choses que j'avais apprises en compagnie de ces dames, j'avais la désagréable impression que ces deux heures passées au salon de coiffure n'avaient été pour moi qu'une perte de temps, si bien que mon humeur s'était soudain obscurcie.

Moi qui avais prévu en arrivant ici, plein d'optimisme, de torcher cette affaire en quelques jours pour être de retour chez moi avant la fin de l'année, je déchantais.

Je me rendais au café de la place lorsque mon

téléphone a sonné. J'ai pensé qu'il s'agissait du père Steiger. Je me suis empressé de fouiller mes poches afin de ne pas manquer son appel, et quand, enfin, j'ai eu mis la main dessus, j'ai décroché précipitamment. Ah, c'est toi… j'ai dit, sans plus d'enthousiasme, et c'était assez grossier, je le reconnais. Je l'ai regretté aussitôt. Tu avais dit que tu me rappellerais, hier soir, m'a-t-elle reproché d'emblée. Je sais, j'ai fait, mais je n'ai vraiment pas pu. Comment ça va, à la maison? j'ai demandé pour tenter de me rattraper. Ça va, elle m'a dit, tout le monde va bien aujourd'hui. Enfin une bonne nouvelle, me suis-je réjoui. Et puis elle m'a avoué qu'elle avait hésité à m'appeler, qu'elle ne voulait pas me déranger en plein travail avec ça, mais qu'elle trouvait que la voiture faisait un drôle de bruit et qu'elle s'en inquiétait. Quel genre de bruit? j'ai dit, en levant les yeux au ciel. Une sorte de «tic-tic-tic» quand j'accélère, m'a-t-elle répondu, un genre de cliquetis. Un cliquetis, ai-je répété, songeur et dépité. Et comme je n'avais pas la moindre idée de ce que cela pouvait signifier, je lui ai dit de ne pas s'en faire, que ça allait passer, comme s'il s'agissait d'un mal de tête dont elle venait de me parler, et tout en sachant bien, pourtant, que cela ne passerait pas et qu'au contraire, selon les lois immuables de la mécanique, rien d'anormal ne s'arrange jamais, tout empire toujours. Ce n'était qu'une question de temps.

Sais-tu déjà par quel train tu vas rentrer, demain? m'a-t-elle demandé encore. J'ai balbutié que je n'avais pas encore consulté les horaires, mais qu'il me semblait, de mémoire, qu'il y en avait un qui partait en fin de matinée. J'ai dit que je la rappellerais le lendemain, de la gare, pour lui donner mon heure d'arrivée. Elle m'a dit qu'elle viendrait me chercher avec les enfants. Je suis impatient de vous voir, j'ai fait, mais je n'ai pas trouvé le courage de lui parler de mon avance, que je n'avais toujours pas touchée et du fait que, par conséquent, pour l'instant, je n'avais même pas de quoi me payer le billet retour.

Avant de raccrocher, j'ai pensé à lui demander si le type de la chaudière était revenu. Elle m'a dit que oui, qu'elle avait oublié de m'en parler. Il avait passé la matinée à travailler, il avait pu réparer le chauffage, mais il y avait toujours un problème d'eau chaude. Il a dit qu'il reviendrait. Encore un escroc, j'ai fait, on est mal barré. Mais elle a pris sa défense et m'a dit qu'il s'était donné beaucoup de mal, au contraire, qu'il avait l'air très consciencieux, qu'ils avaient eu l'occasion de discuter longuement, et que c'était quelqu'un de bien, d'honnête, et plein d'esprit qui plus est. On en jugera au moment de la facture, j'ai dit, en ricanant.

Je suis repassé à l'hôtel parce que j'avais mal au pied. J'avais dans l'idée de prendre un bain chaud pour me détendre et faire le point.

En récupérant ma clé, j'en ai profité pour demander à l'hôtelier si personne n'était venu déposer une enveloppe pour moi. Il a vérifié, m'a dit qu'il n'y avait rien et en a profité pour me remettre un petit papier, sur lequel figurait le nouveau code d'entrée valable à compter de ce soir. 1914, m'a-t-il dit. Il suffit de penser à Bartali pour s'en souvenir. À qui? j'ai fait. Gino Bartali, enfin! «Gino le Pieux», qui d'autre! Il était du 18 juillet, comme moi. Du 18 juillet 1914, a-t-il précisé. Je n'ai pas voulu lui avouer que je ne savais même pas de qui il me parlait. Je lui ai dit que je m'en souviendrais, désormais, et j'allais me diriger vers l'ascenseur lorsqu'il m'a demandé si je connaissais maintenant la date de mon départ. Je lui ai dit que non, malheureusement, que j'avais d'abord pensé m'en aller demain, mais que j'avais dû changer mes plans et que j'allais encore rester un peu, enfin, que ce n'était pas tout à fait sûr, peut-être bien que je partirais demain pour revenir le surlendemain, rien n'était vraiment décidé. Je ne suis pas sûr qu'il ait tout à fait suivi mes explications, mais il s'en est contenté et m'a simplement demandé de le prévenir dès que j'en saurais davantage.

En sortant de l'ascenseur, je me réjouissais déjà à l'idée de retirer mes bottines. Surtout la droite. J'avais dû forcer un peu, aujourd'hui, en dépit des recommandations de la vendeuse qui m'avait pourtant bien dit de ne pas les porter trop longtemps, les premiers jours, le temps qu'elles se fassent à mes pieds, surtout au droit, qui était comme elle me l'avait bien expliqué mon pied le plus fort, ce que je m'étonnais de ne pas avoir remarqué jusqu'alors, tellement cela me paraissait maintenant évident.

En arrivant devant ma chambre, j'ai dû vérifier qu'il s'agissait bien de la mienne, car il me semblait entendre le son d'un téléviseur, à l'intérieur, et je n'avais pourtant pas souvenir d'avoir oublié de l'éteindre avant de sortir. J'ai ouvert la porte et, effectivement, j'ai pu constater qu'il était bien allumé. Ébloui par la lumière de l'écran, ce n'est que dans un second temps, dans la pénombre, que j'ai aperçu le peintre, vautré sur mon lit encore défait, qui me regardait bêtement. J'ai poussé un cri. Il ne s'est pas senti gêné. Il mangeait un sandwich. Il en a repris une bouchée. Je lui ai demandé ce qu'il faisait là. Et vous ? m'a-t-il demandé. Comment ça «et vous?», ai-je rétorqué. Vous êtes dans ma chambre, ai-je cru bon de devoir lui rappeler. Je le sais bien, m'a-t-il répondu, mais on m'avait dit que vous étiez censé rentrer en fin de journée. Eh bien, j'ai changé d'avis, j'ai fait, mais je ne voudrais pas que cela vous dérange, surtout. Pour le moment, non, m'a-t-il répondu, le plus sérieusement du monde, mais dès que j'aurai fini ma pause, je vais réattaquer et il faudra me laisser. Je pensais que vous en aviez fini avec ma chambre, j'ai dit. Vous croyez que ça se fait comme ça, vous? m'a-t-il répondu, tout en balayant du revers de sa main toutes les miettes accrochées à son vieux pull vert bouteille, dont ma bouloche ne pouvait donc pas provenir, ai-je noté au passage. Puis il s'est redressé et s'est assis au bord du lit. Il a jeté le reste de son sandwich dans un sac en plastique, posé sur la table de chevet. J'ai dit qu'il ne se gêne pas pour finir de manger et, au point où nous en étions, je le pensais vraiment. Ce n'est pas à cause de vous, m'a-t-il assuré, c'est que je commence à en avoir ma claque, de la mortadelle. Puis il a sorti une bouteille de limonade du même sac et en a bu de longues gorgées, au goulot, en grimaçant. C'est ma mère, m'a-t-il confié ensuite, après avoir tenté de retenir un rot, elle croit que je n'aime que ça. Il faudrait lui dire, lui ai-je conseillé, c'est pas plus compliqué. Je ne voudrais pas lui faire de peine, m'a-t-il avoué. Je comprends, ai-je compati, en souriant. Pour ça, je dois dire que je suis un peu comme vous. Puis il a sorti un paquet de cigarettes de la poche de son pantalon et me l'a tendu. Je lui ai dit que je ne fumais pas, ce qui ne l'a pas empêché de s'en allumer une. Vous vivez avec elle ? me suis-je alors autorisé à lui demander. Il a juste acquiescé d'un hochement de tête, après quoi il a longuement soufflé la fumée par ses narines. Vous n'avez jamais pensé à faire votre vie avec quelqu'un ? j'ai dit. Si, m'a-t-il répondu, ça a failli se faire, il y a de ça presque trente ans, mais au dernier moment j'ai tout annulé, ça lui aurait fait trop de peine. Ça peut se comprendre, j'ai dit. Puis il a éteint le téléviseur et rallumé sa baladeuse, accrochée au sommet de son échelle. Il s'est approché de la porte de la salle de bains, il l'a observée de près, de haut en bas, il a passé sa main dessus en plusieurs endroits et m'a dit qu'il allait s'en occuper, maintenant. Il s'est baissé pour ramasser, par terre, un morceau de papier de verre qu'il a encore plié en deux. C'était le moment ou jamais de lui poser une dernière question. Et le réveillon de Noël, ai-je demandé, vous l'avez passé avec votre mère ? Il a eu l'air surpris. Vous êtes bien curieux, vous, m'a-t-il dit. Puis il a tiré une dernière bouffée de sa cigarette, avant d'aller jeter son mégot dans les toilettes. Évidemment que j'étais avec elle, a-t-il tout de même fini par me répondre, puis il m'a tourné le dos et s'est mis à poncer la porte. J'ai demandé si ça ne risquait pas de faire trop de poussière, et s'il ne faudrait pas se donner la peine de protéger mon lit et les meubles, mais à cause du bruit qu'il faisait, il ne m'a pas entendu. J'ai dû lui poser ma main sur l'épaule pour qu'il s'interrompe un instant. Je l'ai averti que j'allais l'attendre en bas, comme la dernière fois. Il m'a prévenu qu'il en aurait pour un petit moment. Je lui ai dit qu'il fasse au plus vite. Il a dit que ce n'était pas sa manière de travailler. Alors je lui ai dit qu'il fasse au mieux.

Au bout du couloir, il y avait un réduit dont la porte était ouverte et devant lequel se trouvait un chariot à linge. En passant devant, j'y ai vu une femme, grande et maigre, occupée à empiler des draps sur une étagère. Cela ne pouvait pas mieux tomber. Je me suis présenté à elle, en lui disant que j'étais le client de la 308 et que je supposais avoir affaire à la personne en charge du ménage, ce qu'elle m'a confirmé d'un air ahuri. J'ai ajouté que j'étais heureux de faire sa connaissance, car on m'avait beaucoup parlé d'elle et je n'avais jamais eu la chance de la croiser, depuis mon arrivée. Elle a froncé les sourcils, méfiante. J'ai poursuivi en lui demandant si, à plus ou moins long terme, elle avait prévu dans son planning de s'occuper de ma chambre, étant donné que, depuis mon premier jour ici, je dormais dans les mêmes draps, me séchais avec la même serviette, me passais de savon... Je vois où vous voulez en venir, m'a-t-elle interrompu, en levant la main. C'est un bon début, j'ai fait. Oh, mais c'est pas non plus la peine d'en faire toute une histoire, mon petit monsieur, m'a-t-elle rétorqué. Et je dois reconnaître que ce « mon petit monsieur » a fait mouche. En moi-même, j'ai vacillé, ce qui lui a permis de prendre l'avantage. Si je n'ai pas encore fait votre chambre, a-t-elle poursuivi, c'est qu'elle est tout le temps en chantier, et à quoi cela servirait, alors, dans ces conditions, que je m'esquinte à faire le ménage à fond, pour que juste après moi le peintre vienne ficher tout mon travail en l'air. C'est imparable, effectivement, ai-je répondu, consterné par tant d'aplomb. Et puis elle m'a dit que, puisque j'étais là, autant en profiter. Elle a attrapé une paire de draps, sur l'étagère, et me les a posés sur les bras, que j'ai tendus machinalement. Par-dessus, elle a empilé deux taies d'oreiller, trois serviettes, sur lesquelles elle a posé une savonnette qu'elle a prise dans une boîte en carton, qui en contenait au moins une centaine, et, pour compléter l'édifice, au sommet, elle a posé un rouleau de papier toilette, puis enfin, comme si elle se laissait aller à un soudain élan de générosité, elle en a rajouté un second, puis deux autres savonnettes, encore, en me disant qu'au moins, comme ça, cela m'éviterait de revenir l'embêter demain. Je lui ai demandé si c'était une plaisanterie. Elle m'a répondu qu'elle n'avait ni le temps ni l'envie de plaisanter. Alors j'ai jeté en vrac tout ce qu'elle m'avait mis dans les bras sur le chariot qui se trouvait devant la porte. Et en pointant vers elle un doigt menaçant, je lui ai assuré que je détestais faire des histoires, que je n'étais pas du genre à me plaindre sans cesse, pour un oui ou pour un non, mais qu'on venait de dépasser les bornes et que j'allais immédiatement en toucher deux mots à son patron. Par la même occasion, dites-lui que je dois partir une heure plus tôt aujourd'hui ! m'a-t-elle encore lancé, alors que je me dirigeais vers l'ascenseur. J'ai pressé le bouton d'appel à plusieurs reprises et me suis finalement décidé à prendre l'escalier pour me calmer.

Il se trouve qu'à la réception l'hôtelier avait quitté son poste et son épouse le remplaçait. Je n'ai pas répondu au grand sourire qu'elle m'adressait, tandis que je m'approchais du guichet. J'ai un problème, lui ai-je dit aussi sec. Mais elle s'était mise à me dévisager et n'a pas semblé entendre ce que je lui disais. Un sérieux problème... ai-je répété. Excusez-moi, m'a-t-elle demandé alors, mais vous êtes allé chez le coiffeur, ou je me trompe ? Vous l'avez remarqué ? me suis-je étonné. Mais bien sûr, m'a-t-elle dit, cela m'a tout de suite sauté aux yeux. Effectivement, ce n'est pas très réussi, ai-je marmonné. Ah, mais non, cela vous va très bien, au contraire, m'a-t-elle assuré. Vous êtes gentille, j'ai fait, en regardant mes bottines. Mais pas du tout, m'a-t-elle répondu, je suis très sincère, et c'est impressionnant de voir de quelle manière cela met votre regard en valeur. Vraiment ? ai-je balbutié.

Et ce fut le dernier jour de l'année.

À la première heure, encore assis au bord de mon lit, les yeux et la voix pleins de sommeil, une fois de plus, j'ai composé le numéro du père Steiger.

Comme je m'y attendais, il n'a pas décroché. Je n'ai pas laissé de message, cette fois-ci. À tout hasard, j'ai encore essayé de le joindre au presbytère, et c'est la gouvernante qui m'a répondu. Il est absent, m'a-t-elle annoncé. J'ai dit que j'étais le monsieur qui était venu l'autre jour pour le voir, que je lui avais laissé plusieurs messages depuis, mais qu'il ne m'avait pas rappelé. Alors elle m'a appris que sa mère était souffrante et qu'il avait dû se rendre chez elle, de toute urgence, la veille dans la nuit. Tant mieux, j'ai pensé, parce que cela m'a rassuré de savoir que son silence était justifié. Mais ce n'est évidemment pas ce que j'ai dit. Comme c'est embêtant, j'ai fait. Et savez-vous quand il sera de retour ?

ai-je demandé encore. Cela dépendra de la santé de sa mère, m'a-t-elle répondu. Mais il est possible qu'il doive annuler certains offices, ces prochains jours. Alors j'ai compris que c'était grave et que ce n'était pas le moment de lui laisser un message au sujet de mon avance. Si vous l'avez au téléphone, j'ai fait, dites-lui bien que mes pensées l'accompagnent. Je n'y manquerai pas, m'a-t-elle dit, avant de raccrocher. Mais comme elle ne connaissait même pas mon nom et n'avait pas pris la peine de me le demander, j'ai su qu'elle n'en ferait rien.

Je me suis levé, j'ai fait quelques pas dans ma chambre en soupirant, puis me suis posté à la fenêtre un moment, le temps de réfléchir. Et j'ai eu beau tourner le problème dans ma tête de toutes les façons, je n'ai pas trouvé de solution. Je me suis dit que ce n'était qu'un mauvais moment à passer et qu'il valait mieux en finir au plus vite. Je suis allé m'enfermer dans la salle de bains, me suis assis sur le rebord de la baignoire et j'ai appelé chez moi.

Tu es déjà dans le train ? m'a-t-elle demandé aussitôt, en décrochant. Si seulement ! me suis-je exclamé. Je viens d'arriver à la gare et plus aucun train ne circule, à cause des congères, partout sur les voies. Il neige et il y a un vent terrible, ici ! Rien que pour arriver jusqu'à la gare, tu n'imagines pas le périple ! Je ne sais pas comment faire, j'ai dit, mais je crois que je n'y arriverai pas. Puis je me suis tu et j'ai serré les dents.

Et alors que je m'attendais à des éclats de voix,

et peut-être même à des pleurs, contre toute attente, ça n'a pas été le cas. Bien au contraire, elle m'a tellement plaint que j'en ai eu honte. Et dire qu'il y a un grand ciel bleu, ici, a-t-elle ajouté encore.

Les commerces ont fermé de bonne heure, cet après-midi-là. Je flânais du côté de la place lorsque les rideaux métalliques sont tombés devant les vitrines, les uns après les autres, en même temps que les réverbères s'allumaient.

Lorsque je dis que je flânais, c'est évidemment l'impression que je donnais, sans pour autant flâner le moins du monde. Je poursuivais mon enquête, en ayant l'air de ne rien poursuivre du tout, je scrutais sans avoir l'air de scruter, j'interrogeais, au hasard de mes rencontres, sans donner l'air d'interroger, et c'est peut-être le plus épuisant, dans ce métier, que toute cette énergie dépensée à faire, sans donner l'impression de faire.

Ainsi, je m'étais arrêté devant la crèche, dont j'observais une fois de plus les personnages, sans toutefois, on l'aura compris, avoir l'air de les observer. Je me concentrais plus particulièrement sur cette ébréchure, au front de l'un des bergers, qu'une petite voix dans ma tête me murmurait de ne pas négliger, lorsque soudain, dans mon dos, il y a eu comme un bruit de vaisselle brisée. Je me suis retourné et, au milieu du parvis, j'ai vu le sacristain qui portait un carton dont le fond venait de céder à l'instant sous le poids d'une pile d'assiettes, maintenant en morceaux à ses pieds. Il a jeté, en jurant, ce qu'il restait du carton disloqué à plusieurs mètres de lui et s'est agenouillé pour ramasser ce qui avait peut-être été sauvé par l'épaisse couche de neige.

Je me suis approché de lui pour lui proposer mon aide, mais il se relevait déjà, en pestant, avec trois assiettes intactes entre les mains. Les autres se chargent des cotillons, et moi de la vaisselle, s'est-il plaint, vous trouvez ça normal ? Il y a une différence de poids certaine, lui ai-je accordé. Je ne vous le fais pas dire, m'a-t-il répondu. Et de responsabilité, surtout ! C'est sûr, ai-je reconnu, et avant qu'il ne poursuive son chemin, j'en ai profité pour lui demander s'il avait un petit moment à m'accorder, car j'avais une ou deux questions à lui poser. Il m'a alors proposé de l'accompagner jusqu'à la salle paroissiale où il se rendait. C'est juste là, m'a-t-il dit, et nous avons longé l'église par la gauche jusqu'à un petit escalier, collé au mur, qui descendait vers une salle située sous l'édifice.

En y pénétrant, j'ai été surpris de voir que près d'une dizaine de personnes s'y affairaient, de tous âges, certaines occupées à gonfler des ballons, les autres à les accrocher au mur par grappes, tandis qu'ici un homme montait des tables pliantes que deux jeunes filles, là-bas, couvraient de nappes en papier, et tout cela, semblait-il, dans la bonne humeur et sous la direction d'une petite femme au visage pâle et aux cheveux noirs, coupés court. Le sacristain me l'a désignée d'un signe de tête. Je vais vous présenter madame Kempf, m'a-t-il dit. Il n'y a qu'elle, en dehors du père Steiger et de moi-même, qui soit dans la confidence. Cela m'a contrarié d'apprendre qu'en dépit des consignes que j'avais données une troisième personne connaissait mon identité. Cependant, je n'ai pas eu le temps de faire part de mon mécontentement à monsieur Beck, car, ayant remarqué notre présence, madame Kempf est venue à notre rencontre. Je vous présente mon cousin, lui a fait le sacristain, en lui adressant un grand clin d'œil, si bien qu'elle a tout de suite compris qui j'étais et, au moment où je lui tendais la main, elle me l'a prise entre les siennes, et, en me regardant au fond des yeux, elle m'a dit merci, merci infiniment d'être venu. J'ai souri, gêné. Des larmes ont coulé le long de ses joues et elle ne m'a lâché la main que pour sortir un mouchoir de sa manche. C'est madame Kempf qui supervise et coordonne le montage de la crèche depuis toujours, m'a précisé le sacristain, pendant que celle-ci s'essuyait les yeux et se mouchait longuement. Et elle est encore sous le choc, n'est-ce pas ? a-t-il ajouté, en se tournant vers elle. Elle s'est excusée, elle a pris le temps de remettre son mouchoir dans sa manche, en reniflant encore, avant de nous confier qu'elle n'arrivait pas à s'en remettre. C'est ce que je vois, ai-je répondu, compatissant. Je ne comprends pas, a-t-elle murmuré, je ne comprends pas... Comment peut-on?... mais comment peut-on faire ça? J'avais bien envie de me laisser aller à lui avouer que je n'y comprenais pas grand-chose, moi non plus, ce qui n'aurait pas été très professionnel, je le reconnais, c'est pourquoi je m'en suis abstenu. À la place, je lui ai dit que je pouvais lui assurer que, d'ici l'Épiphanie, le coupable serait démasqué, ce qui n'a pas manqué de produire son effet, car quelques larmes ont encore coulé de ses yeux, qu'elle a essuyées du bout de l'index. Puis elle s'est tournée vers le sacristain. Monsieur Beck, nous pourrions peut-être lui montrer la pièce, qu'en pensez-vous? La pièce? ai-je répété, intrigué, en jetant un regard au sacristain. C'est peut-être encore un peu tôt, lui a-t-il répondu. Mais puisque nous sommes là... De quoi s'agit-il? ai-je insisté. Venez, m'a fait le sacristain avec un mouvement de tête, embarrassé par les assiettes qu'il tenait toujours entre ses mains. Madame Kempf est passée devant et je leur ai emboîté le pas. Nous avons traversé la salle en direction d'une porte qui donnait sur un petit couloir, au bout duquel il y avait une autre porte, devant laquelle nous nous sommes arrêtés. C'est ici, a fait madame Kempf, en se mettant à chercher une clé sur son trousseau, avant de la glisser dans la serrure et d'ouvrir la porte. Puis elle a posé ses doigts sur l'interrupteur, et j'ai découvert une pièce aveugle, une sorte de grand débarras presque vide, qui ne contenait que deux ou trois balais, quelques seaux et un aspirateur et, ce qui m'intriguait davantage, une chaise placée bien au centre de la pièce, on se demandait pourquoi. C'est ici que nous rangeons les autres personnages de la crèche, m'a dit le sacristain. Très bien, j'ai fait, tout en pensant que ce n'était pas d'un grand intérêt pour mon enquête. Mais pour ne pas les décevoir, j'y suis tout de même entré et y ai jeté un coup d'œil. J'ai même sorti mon carnet et fait mine de noter quelque chose. C'est alors que madame Kempf a jeté un regard au sacristain, qui lui a répondu d'un hochement de tête, si bien qu'elle s'est lancée, un peu hésitante, et m'a dit qu'ils avaient pensé que si j'avais un suspect à interroger, auquel peut-être je souhaiterais soutirer des aveux, l'endroit leur semblait idéal. J'ai prévu quelques outils, m'a fait le sacristain, en me désignant du menton sa sacoche, posée par terre dans un coin de la pièce. Vous me direz, le jour venu, s'il vous faut autre chose. J'ai eu du mal à croire ce que j'entendais, si bien qu'il m'a fallu du temps pour réagir. L'avantage, a fait madame Kempf, c'est que la porte ferme à clé et que vous pourrez travailler tranquillement, on n'entend absolument rien de l'extérieur. Nous avons fait l'expérience, a ajouté le sacristain. Bien, j'ai dit, en essayant de ne rien laisser paraître de mon trouble. Je vous remercie de votre aide, ai-je poursuivi, mais ne brûlons pas les étapes, surtout. Je ne vous cache pas que j'espère ne pas avoir à en arriver là. Je vous comprends, évidemment, a fait le sacristain. C'est à vous de voir, a conclu madame Kempf, en éteignant la lumière et en refermant la porte à clé. Et je ne sais pas si je me faisais des idées, mais je l'ai sentie un peu vexée.

Nous avons regagné la salle où toutes les tables étaient maintenant en place, et couvertes de nappes blanches sur lesquelles étaient disposés de petits bouquets de fleurs, à intervalles réguliers.

C'est joli comme tout ! a lancé madame Kempf aux deux jeunes filles qui s'en étaient occupé. Je crois que ça va être une belle fête, malgré tout, a-t-elle dit au sacristain. Et ses yeux, de nouveau, se sont embués. D'ailleurs, pourquoi ne pas vous joindre à nous, ce soir ? m'a-t-elle proposé soudain. Je l'ai remerciée de son invitation, que j'ai déclinée, en lui disant que j'allais sûrement encore passer la soirée à travailler. Venez au moins pour le dessert, a-t-elle insisté, et pour nous souhaiter la bonne année. Ce serait avec plaisir, lui ai-je répondu, mais je ne vous garantis rien.

Le sacristain s'est alors tourné vers madame Kempf et s'est enfin débarrassé de ses trois assiettes. Je vous les confie, lui a-t-il dit. C'est tout ? s'est-elle étonnée, en les prenant. Et pour toute explication, il a bougonné quelques mots inaudibles, puis lui a dit qu'il retournait à la voiture chercher les verres.

Tandis que nous marchions vers le parvis, afin de le sonder un peu au sujet de madame Kempf, j'ai dit à monsieur Beck qu'on sentait bien à quel point elle était marquée par ce qui s'était passé. Tout à fait, m'a-t-il confirmé, c'est une personne d'une grande sensibilité, comme vous avez pu le constater. Et comme nous passions à proximité de la crèche, la question que je voulais lui poser m'est revenue en tête, et je lui ai demandé s'il n'avait pas remarqué cette ébréchure au front de l'un des bergers, qui m'intriguait. Non, m'a-t-il répondu d'abord, avant de se reprendre aussitôt. Enfin, si, si, bien sûr, je l'ai remarquée, mais cela fait des années que c'est comme ça. Peut-être bien depuis toujours. Mais quelle importance ? a-t-il ajouté. Tout a de l'importance, ai-je répondu.

J'avais décliné l'invitation de madame Kempf en grande partie de peur de me retrouver assis à côté d'elle, et d'avoir à supporter ses pleurnicheries tout le long de la soirée, mais je n'avais pas pour autant prévu de rester seul à me morfondre à l'hôtel.

Je m'étais dit que pour le réveillon il y aurait peut-être chez Izmir quelque chose de sympathique organisé pour l'occasion. Je pensais qu'il y aurait un peu plus de monde que d'ordinaire, un menu amélioré, quelques musiciens, qui sait, et c'est pourquoi je m'y suis rendu un peu avant vingt et une heures, non sans arrière-pensée professionnelle, évidemment, car c'est dans ces moments où l'on boit plus que de raison que l'on parle, aussi, plus que de raison, et c'est ce que j'attendais justement de la part d'Izmir, dont la distance et le silence me paraissaient suspects depuis le premier jour.

Ce n'était pas ce soir, pourtant, qu'il soulagerait sa conscience ou dénoncerait le coupable, car en dépit de ce que j'avais imaginé, une fois sur place, rien n'était différent des autres jours, si ce n'est que sur l'écran du grand téléviseur, que regardait toujours le même homme, assis à la table du fond, s'agitait un chanteur en costume blanc à paillettes. Et c'est à ce détail uniquement que l'on sentait que c'était un soir de fête.

J'ai commandé une formule Kebab et me suis assis à ma place. J'ai demandé s'il y avait un apéritif offert pour l'occasion. Izmir ne m'a pas dit non, mais, comme à peu près chaque fois que je lui adressais la parole, il a fait comme s'il ne m'avait pas entendu, ce qui revenait au même.

J'étais là depuis une bonne demi-heure lorsque trois jeunes gens sont entrés, deux garçons et une fille. Ils ont commandé trois sandwichs à emporter. Des sandwichs Adana. Je me suis dit qu'il faudrait que j'essaie ça, moi aussi, un de ces jours, pour changer un peu, parce que je trouvais que ça sonnait bien et que ça m'avait l'air appétissant.

Une fois servis, ils sont repartis aussitôt et, en les regardant s'en aller, ont alors résonné dans ma tête les paroles de la cliente du salon de coiffure. Des jeunes qui traînent... me suis-je répété. En voilà justement trois que j'aurais peut-être été bien avisé de suivre, pour voir s'ils avaient quelque chose à se reprocher. Mais j'avais mal au pied, il faisait très froid dehors, enfin, tout ça pour dire que le courage m'a manqué.

Quelques minutes plus tard, je n'en suis pas revenu, c'est Rudy qui est entré en se frottant les mains. Cela m'a fait plaisir de le revoir. Izmir ne lui a rien demandé, mais Rudy lui a dit qu'il était sorti de l'hôpital aujourd'hui, et que c'était pour ça qu'il n'était pas venu depuis quelques jours. C'est vrai qu'il avait les traits tirés et le teint gris. Il a dit qu'il avait bien failli y passer, et on sentait à sa voix qu'il en était encore ému. Mais Izmir ne lui a pas demandé s'il allait mieux, ou même simplement de quoi il avait failli mourir. Sans que Rudy la lui ait commandée, il a posé une bière devant lui sur le comptoir, et Rudy l'a payée. Il a encore annoncé fièrement qu'il avait arrêté de fumer. Puis il a ouvert sa bière, en a bu quelques gorgées, et alors seulement il s'est tourné vers la salle. Il a jeté un regard sur le téléviseur, puis, enfin, il a posé les yeux sur moi. Je lui ai souri et lui ai fait un signe de la main, persuadé que son visage allait s'éclairer et qu'il allait venir à ma table me saluer, me taper sur l'épaule et sans doute m'offrir en retour la bière que je lui avais payée l'autre jour. Mais il a détourné la tête, avec cet air gêné que l'on prend lorsque des inconnus un peu louches vous interpellent. Et puis il a fini sa bière, il a dit à Izmir que les médecins lui avaient conseillé de se ménager et qu'il allait se coucher tôt, ce soir. Il a pris une autre bière, à emporter, et il s'en est allé.

Je n'ai pas su dire s'il avait fait semblant de ne pas me reconnaître ou s'il ne m'avait vraiment pas reconnu. Toujours est-il que j'ai cru bon de le noter dans mon carnet. Peut-être bien, aussi, pour me soulager d'un poids, car cela m'avait fait de la peine.

Ce qu'il y a eu de différent, encore, par rapport aux jours ordinaires, c'est que, juste après le départ de Rudy, Izmir s'est adressé à moi pour me dire qu'il fermerait exceptionnellement à vingt-deux heures, ce soir. J'ai regardé ma montre et, comme il était précisément vingt-deux heures, je me suis levé, j'ai enfilé mon manteau, j'ai déposé mon plateau sur le comptoir et, juste avant de sortir, je lui ai souhaité un bon réveillon. Pareillement, m'a répondu Izmir, ce qui m'a surpris et que j'ai su apprécier à sa juste valeur.

C'était un travail de longue haleine qui commençait à payer. Il me faudrait encore de la patience, mais petit à petit je gagnais sa confiance, c'était évident.

Un quart d'heure plus tard, les lumières, puis l'enseigne du *Snack Kebab Izmir* se sont éteintes. Izmir est sorti sur le trottoir en compagnie de l'homme qui faisait partie des murs. Il a fermé la porte à clé derrière eux, et ils se sont éloignés, sans se douter un seul instant que dans l'ombre d'une porte cochère, de l'autre côté de la rue, j'étais là à les observer.

Je leur ai laissé un peu d'avance et me suis mis à les suivre, à bonne distance. Mon cœur battait fort. Au bout de la rue, ils ont tourné à droite, et j'ai tourné aussi. Cinquante mètres plus loin, ils se sont arrêtés devant un véhicule. L'homme a sorti les clés de sa poche. Je me suis agenouillé derrière une voiture pour ne pas me faire repérer. L'homme s'est assis au volant et Izmir s'est installé côté passager. La voiture a démarré et ils ont disparu dans la nuit. J'avais tout de même eu le réflexe de relever le numéro du véhicule et me suis empressé de le noter dans mon carnet.

Ainsi s'achevait ma première filature, ce qui tombait finalement très bien, du point de vue de mon pied droit, auquel ma bottine avait décidément du mal à se faire.

J'étais bien soulagé d'arriver à l'hôtel, car depuis le début de la rue, je m'étais mis à boitiller. Comme il était déjà vingt-deux heures trente passées, j'ai trouvé porte close et me suis tourné vers le petit clavier, au mur, sur lequel j'ai tapé 1945. Pourtant, je n'ai pas entendu grésiller la gâche électrique comme je m'y attendais, et j'ai eu beau pousser, puis tirer la porte, elle a refusé de s'ouvrir. J'ai retapé le code, plus lentement, j'ai attendu une petite seconde, me suis appuyé contre la porte de tout mon poids, mais rien n'y a fait.

Me voilà bien, j'ai pensé, avant de me rappeler soudain que le code avait changé et que l'hôtelier m'avait remis un petit papier sur lequel celui-ci était inscrit. Je me suis mis à le chercher dans mon portefeuille et au fond de mes poches, jusqu'à ce que je me souvienne l'avoir bêtement laissé sur ma table de chevet.

Me sont alors revenues en mémoire les paroles

de l'hôtelier : « Il suffit de penser à Bartali », m'avait-il dit, ce que j'ai essayé, de toutes mes forces, mais cela ne m'a pas aidé, et j'ai regretté amèrement de ne pas l'avoir mieux écouté.

J'ai encore tapé plusieurs codes au hasard, en vain, puis j'ai pris un peu de recul jusqu'au milieu de la chaussée et j'ai levé les yeux vers les fenêtres des chambres.

Une seule, sur toute la façade, était éclairée. C'était apparemment celle de la chambre juste au-dessus de la mienne. J'ai fait plusieurs boules de neige bien tassée, que j'ai lancées l'une après l'autre, de toutes mes forces, en direction de la fenêtre en question, mais celle-ci était bien trop haute, de sorte qu'elles se sont toutes écrasées plus bas, contre la façade ou les fenêtres des étages inférieurs.

De toute façon, me suis-je consolé, sachant de quelle chambre il s'agissait et ce qui était probablement en train de s'y passer, une fois de plus, je me suis dit que l'homme ne se serait sûrement pas interrompu pour se donner la peine de me crier le code d'entrée par la fenêtre.

J'ai encore attendu devant la porte une bonne vingtaine de minutes, dans l'espoir que quelqu'un sorte de l'hôtel ou y entre. De nouveau, ensuite, j'ai lancé quelques boules de neige, au hasard, contre les fenêtres que j'ai pu atteindre, et devant l'échec de cette ultime tentative, je me suis dit que je n'avais malheureusement pas d'autre choix que de me rendre à la salle paroissiale.

Mieux valait tout de même supporter madame Kempf toute la nuit que de m'assoupir là, sur le paillasson, devant la porte, au risque de mourir de froid.

C'est d'abord ce bruit de siphon que j'ai entendu, ce long gargouillis, et puis une interminable quinte de toux qui s'est achevée dans un râle. Il y avait quelqu'un, là, dans l'obscurité, penché par-dessus la rambarde de l'escalier qui menait à la salle paroissiale, je l'ai vu en m'approchant, c'était un homme qui vomissait. Et en passant à sa hauteur, bien qu'il me tournât le dos et qu'il eût la tête baissée, j'ai reconnu le père Steiger.

J'ai hésité à lui venir en aide, de peur de le gêner, et puis me suis dit que je ne pouvais pas non plus le laisser là dans cet état, alors je me suis approché de lui. Ça va, mon père ? lui ai-je demandé. Il a levé la tête pour savoir qui lui parlait. Je ne sais pas s'il m'a vraiment reconnu, sur le coup. Très bien, merci, a-t-il articulé péniblement, en s'essuyant la bouche du revers de la main. Je suis un peu nauséeux, mais ça va aller. Je vais rentrer me coucher et tout ira mieux demain. Alors il a lâché la rambarde comme s'il allait partir à la nage, et il a tangué si fort qu'il s'est étalé dans la neige au bout de trois pas. Je me suis précipité vers lui pour l'aider à se relever, mais il a refusé d'un geste de la main. Il s'est mis à quatre pattes, s'est immobilisé, puis il a été pris d'un nouveau spasme et, une fois de plus, il a vomi. Il doit y avoir quelque chose qui n'est pas passé, a-t-il ânonné, ensuite, penché au-dessus de la flaque jaunâtre qu'il venait de produire, examinant les quelques coquillettes encore intactes qu'il semblait incriminer. J'en ai eu des haut-le-cœur, moi aussi. Venez, lui ai-je dit, vous allez prendre froid. Je l'ai aidé, tant bien que mal, à se remettre sur pied et lui ai dit que j'allais le raccompagner, que ce serait plus prudent. Il m'a assuré que ce n'était vraiment pas la peine, mais je ne lui ai pas laissé le choix. Je l'ai pris sous le bras pour le soutenir et nous nous sommes mis en chemin, en essayant autant que possible de marcher droit.

Dès l'instant où je l'avais vu, je m'étais dit qu'il devait avoir beaucoup de peine pour s'être mis dans cet état-là, et j'avais aussitôt pensé à sa mère. J'en étais d'ailleurs si intimement convaincu que, tandis que nous progressions péniblement, je cherchais une façon de lui présenter mes condoléances qui ne fût pas trop abrupte.

C'est votre mère, n'est-ce pas ? lui ai-je demandé. Il s'est immobilisé et m'a regardé, hagard. C'est votre mère, c'est ça ? ai-je répété plus distinctement. Il a froncé les sourcils. Cela faisait longtemps qu'elle était malade ? ai-je poursuivi. Malade ?! a-t-il répété, en ricanant, si seulement je me portais aussi bien qu'elle ! J'ai cru avoir mal entendu, et si j'avais obéi à mes pulsions premières, je crois bien que je l'aurais laissé tomber là, la face la première dans la neige, et m'en serais allé de mon côté, sans le moindre scrupule. Cependant, lorsqu'il s'est remis à avancer, titubant, je ne l'ai laissé s'éloigner que de quelques pas, avant de le rattraper pour le soutenir.

Plusieurs fois, en chemin, il m'a assuré que je me trompais et que nous marchions dans la mauvaise direction, et j'ai dû faire preuve d'une certaine fermeté pour le contraindre à me suivre.

Mais alors que nous approchions, il m'a dit qu'il reconnaissait l'endroit, il m'a remercié et m'a assuré que je pouvais le laisser, maintenant, et qu'il ne risquait plus rien. Je lui ai dit que j'allais tout de même le raccompagner jusqu'au bout et qu'il pourrait ainsi en profiter pour me remettre mon enveloppe, par la même occasion. Et j'étais assez fier d'y avoir pensé. Quelle enveloppe ? m'a-t-il demandé, interloqué. Mon avance, lui ai-je précisé. Cela a mis du temps à lui évoquer quelque chose. Puis il s'est soudain assombri. Il s'est arrêté une fois de plus. Il a soupiré et m'a posé sa main sur l'épaule, en me disant que je ne devais pas croire, surtout, à de la mauvaise volonté de sa part, mais le problème, tout simplement, c'était qu'il n'avait pas le premier centime pour me payer. Cela m'a fait l'effet d'un coup de poing à l'estomac. J'ai dû blêmir. Il m'a dit que je ne devais pas m'inquiéter pour autant, car il allait trouver une solution, il me le promettait, et cela, même s'il devait me payer avec les quelques économies qu'il avait sur son livret. Je lui ai répondu qu'il disait des choses incohérentes et que je ne voulais plus en parler pour l'instant. Nous verrons ça demain, quand vous aurez cuvé, j'ai fait. Il a bougonné et nous n'avons plus rien dit jusqu'à ce que nous fussions arrivés.

J'ai poussé le portail et nous nous sommes engagés sur la petite allée qui menait, à travers un jardinet, à la porte du presbytère. Comme il m'avait épuisé et que je n'avais plus la moindre envie de retourner à la salle paroissiale, je lui ai alors expliqué en détail ce qui m'était arrivé à l'hôtel, et lui ai dit que, par conséquent, je lui serais très reconnaissant s'il voulait bien m'héberger pour la nuit. Il m'a regardé d'un air hébété. Il n'avait pas saisi un mot de ce que je venais de lui raconter et j'ai dû tout reprendre avec plus de concision, jusqu'à ce qu'il comprenne enfin et me dise que c'était bien la moindre des choses qu'il me devait. Il a même ajouté qu'il me laisserait son lit. Je lui ai répondu qu'il n'en était pas question, qu'un canapé ou un fauteuil me suffirait.

Il s'était mis à chercher ses clés, mais ne les retrouvait pas. J'ai retiré mes gants pour l'aider à fouiller ses poches. Et une fois que je les ai eu trouvées, comme il n'aurait jamais réussi à les introduire dans la serrure, c'est moi qui m'en suis chargé.

J'ai ouvert la porte. Il est entré en trébuchant et je l'ai suivi. Il a répété qu'il allait me laisser son lit et que c'était lui qui prendrait le fauteuil dans son bureau. J'ai refusé catégoriquement, une fois de plus et, comme sa chambre se trouvait au premier, pour éviter qu'il ne se brisât les os en tombant dans l'escalier, je l'ai aidé à monter. Je l'ai poussé pour qu'il monte, devrais-je plutôt dire, et l'ai conduit jusqu'à son lit, sur lequel il s'est effondré avant de sembler s'y enfoncer, comme dans du sable mouvant.

Je n'ai pas poussé la charité chrétienne jusqu'à le dévêtir et le border. J'ai simplement replié sur lui un pan du couvre-lit matelassé.

Je m'apprêtais à quitter la pièce lorsqu'il m'a dit qu'il prierait pour moi, et puis il a encore marmonné quelques mots que je n'ai pas compris. Pardon ? lui ai-je demandé. Il a soulevé sa tête pour décoller sa bouche du couvre-lit et fait un effort pour articuler. Vous n'allez pas lui en parler, au moins ? s'est-il inquiété. De qui parlez-vous ? j'ai fait. À ma mère, vous n'allez rien lui dire, n'est-ce pas ? a-t-il répété. Mais bien sûr que non, l'ai-je rassuré, dormez tranquille. Puis je lui ai souhaité une bonne nuit.

Je pensais qu'il dormait déjà, j'ai éteint et j'ai voulu fermer la porte, lorsqu'il m'a demandé si je pouvais remettre la lumière, parce qu'il avait peur, a-t-il ajouté. Alors j'ai rallumé. Bonne nuit, lui ai-je dit encore, et je l'ai laissé.

J'ai redescendu l'escalier et suis entré dans le bureau devant lequel nous étions passés, juste à gauche après la porte d'entrée. Cela sentait fort la poussière et le renfermé et, à plusieurs reprises, j'ai éternué. Les murs étaient couverts de livres, du sol au plafond et, sur son bureau, c'était un capharnaüm indescriptible, un amoncellement de revues, de papiers, de courriers et de livres empilés. Je me suis tout de même donné la peine de regarder si, dans ce foutoir, ne traînait pas une enveloppe sur laquelle était inscrit mon nom, mais je n'ai rien trouvé. J'ai soulevé, pour voir, le couvercle d'un petit pot en faïence, posé sur la cheminée. Il y avait dedans quelques pièces et un billet. J'ai pris le billet et j'ai laissé la monnaie. Ce n'était pas grand-chose, mais c'était déjà ça.

Quand j'ai jeté un regard à ma montre, il était minuit passé. Alors, je me suis souhaité une bonne année, la santé, la prospérité, et encore d'autres belles et bonnes choses auxquelles j'ai pensé.

Puis j'ai voulu appeler chez moi, mais comme je craignais qu'elle ne se fût couchée avant minuit, plutôt que de la réveiller, je me suis dit que cela attendrait le lendemain.

J'ai enlevé mon manteau, je l'ai suspendu à l'un des crochets fixés à la porte, et me suis installé dans ce gros fauteuil en velours vert sur lequel était jeté un plaid à carreaux écossais. Je ne me suis pas déshabillé, j'ai seulement retiré mes bottines parce que j'avais mal à mon pied droit. Il y avait même, au niveau de mon petit orteil, une tache de sang sur ma chaussette.

Je me suis couvert avec le plaid, j'ai allongé mes jambes et posé mes pieds sur le bureau. J'ai cherché une meilleure position, mais n'en ai pas trouvé qui fût un tant soit peu confortable.

Alors, j'ai regretté ma chambre et mon lit plein de miettes. D'autant plus qu'en ce moment même il y avait sûrement, à la télé, de belles danseuses aux longues jambes, avec pour tout vêtement juste un peu de strass et quelques plumes.

Le jour de l'An, je n'ai quitté l'hôtel que parce que la faim m'y obligeait. La ville était morte et il tombait une neige comme du gros sel, que le vent me soufflait au visage.

En me rendant chez Izmir, je craignais qu'il n'eût pas ouvert aujourd'hui, mais ce n'était heureusement pas le cas et je m'en suis réjoui.

À peine entré, je lui ai souhaité la bonne année, mais comme il était au téléphone, il n'a pas réagi. Il avait l'air de bonne humeur. C'était la première fois que je l'entendais rire, et même si je n'ai évidemment pas compris un seul mot de ce qu'il disait, cela ne m'a pas déplu de l'écouter parler.

Vingt-trois minutes, précisément, c'est le temps qu'a duré sa conversation. Vingt-trois minutes avant qu'il raccroche et retrouve l'air austère que je lui connaissais. Et en réponse aux vœux que je lui avais adressés vingt-trois minutes auparavant, à son tour il m'a souhaité une bonne année. La formule Kebab ? m'a-t-il demandé ensuite. Mais j'ai dit que j'allais prendre un sandwich Adana pour changer.

Pendant le restant de la journée, j'en ai profité pour me repencher sur mes notes, et la seule certitude à laquelle je suis arrivé, c'est qu'étant donné la faible valeur marchande de l'enfant, on ne l'avait sûrement pas dérobé dans le but de le revendre, ce qui n'était pas sans importance, car cela définissait un peu plus le profil du coupable, autour duquel le filet se resserrait peu à peu.

J'ai comparé ensuite la bouloche que j'avais prélevée sur le gilet de la cliente du salon de coiffure avec celle que je possédais déjà. J'ai pris soin, surtout, de ne pas les intervertir. Je ne m'attendais vraiment à rien, j'agissais par acquit de conscience, si bien que je n'ai pas été déçu, car, autant à la lumière du salon de coiffure elle m'avait semblé du même bleu que celle de la crèche, autant devant ma fenêtre, à la lumière du jour, les couleurs des deux échantillons étaient si différentes que l'on pouvait conclure, sans le moindre doute, qu'elles ne provenaient pas du même vêtement. J'ai donc remis ma bouloche témoin dans son petit papier, le petit papier dans le tiroir de ma table de chevet, et puis j'ai jeté l'autre dans l'eau des toilettes.

S'il avait fallu, à cette heure, faire le bilan de ce début d'année, je n'aurais pas su dire, encore, si elle avait bien ou mal commencé. Il était trop tôt pour me prononcer. Le premier jour n'était pas encore passé et tout ce que je pouvais affirmer, pour le moment, c'est qu'elle avait commencé mollement, un peu comme la précédente s'était achevée.

C'est dans la nuit que les choses se sont gâtées, ce qui me permet d'affirmer maintenant sans hésiter, à la lumière des événements, qu'elle avait, en fait, on ne peut plus mal débuté, et ce malgré tous les bons vœux que j'avais pourtant pris soin de m'adresser.

Cela m'a pris en plein sommeil. Une douleur au milieu de la poitrine. Un pieu qu'on m'y enfonçait. J'avais du mal à respirer. J'ai allumé la lumière. Je me suis levé. J'ai fait quelques pas dans ma chambre, me suis efforcé de prendre de grandes inspirations, mais ça n'a rien changé, pas plus que de boire un verre d'eau fraîche. Je me suis rallongé, j'ai essayé de penser à autre chose, j'ai allumé la télé, je me suis tourné sur le côté droit, et puis sur le côté gauche, mais c'était encore pire. J'ai serré les dents encore quelques minutes, me suis dit que cela finirait par passer, mais comme cela ne passait pas, comme au contraire j'avais l'impression que la douleur s'amplifiait, et comme il n'y avait plus personne à la réception depuis bien longtemps, j'ai pris mon téléphone et j'ai appelé les secours.

Il y a eu d'abord un message qui disait de patienter, et puis, enfin, une voix d'homme au téléphone. Il m'a demandé de me calmer et de lui expliquer ce qui m'arrivait, ce que j'ai fait en détail. Il m'a ensuite posé quelques questions pour savoir si c'était supportable, si ça pouvait attendre. J'ai dit que non, bien sûr, et qu'il fallait venir au plus vite. Il a eu l'air d'hésiter, et puis, comme si c'était une faveur qu'il m'accordait, finalement il a dit qu'il m'envoyait quelqu'un. J'ai donné l'adresse, l'étage, le numéro de chambre, je n'ai pas oublié le code de la porte d'entrée, j'ai dit qu'il fallait se dépêcher, surtout, et, juste après avoir raccroché, j'ai pensé que j'allais mourir dans ce trou à rat, loin des miens, et comme une vision prémonitoire j'ai vu le père Steiger célébrer mes funérailles et le sacristain prendre la parole, dans l'église vide, pour dire quelques mots creux à mon sujet. Je me suis levé afin de chasser ces pensées de mon esprit et suis allé dans la salle de bains pour m'asperger le visage d'eau glacée, puis je suis retourné m'asseoir sur mon lit et j'ai attendu, attendu encore, et comme personne ne venait, j'ai rappelé. De nouveau, il y a eu ce message qui demandait de patienter, et puis le même homme que tout à l'heure, qui m'a dit de me calmer, que les secours étaient en route. Qu'ils se dépêchent, j'ai fait, parce que je ne voulais pas de madame Kempf comme unique pleureuse, ni des gros doigts de monsieur Kolmayer sur mon requiem.

Une demi-heure plus tard, persuadé qu'on m'avait oublié, j'allais rappeler une fois encore lorsqu'on a frappé à ma porte. Je me suis levé pour aller ouvrir. Je m'attendais à une cohorte de pompiers, ou à quelques hommes en blanc, lourdement équipés, mais ce n'était qu'un petit monsieur chauve et barbu, avec sa mallette, ce qui ne m'a pas rassuré. Un simple médecin de ville, semblait-il. Il a soupiré, s'est plaint du temps qu'il faisait, m'a raconté qu'il avait plusieurs fois failli finir dans le fossé avant d'arriver jusqu'ici. Il avait les chaussures pleines de neige, il en a mis partout sur la moquette. Alors, qu'est-ce qui vous arrive ? m'a-t-il dit, avant de me demander de m'allonger. J'ai tout expliqué. Il m'a ausculté longuement, il a écouté mon cœur, m'a appuyé ici et là, et, au bout du compte, il m'a dit qu'il n'était pas inquiet, que je devais me rassurer, il ne s'agissait visiblement que de l'estomac. Je me suis retenu pour ne pas l'embrasser.

Vous êtes anxieux ? m'a-t-il demandé ensuite. Comme ci comme ça, j'ai fait. Vous avez mangé quelque chose de particulier ? Juste un sandwich, j'ai répondu, un sandwich Adana. Enfin deux, plutôt, un à midi et un autre ce soir. Il a fait la moue. J'ai dit que c'était assez épicé. Il a encore grimacé. Il m'a dit de manger léger et équilibré, à heures fixes autant que possible, et de me reposer quelques jours. Il m'a donné un comprimé pour cette nuit, puis il s'est assis à la petite table et a rédigé une ordonnance pour deux semaines de traitement. Si ça persiste, il faudra faire des examens complémentaires, m'a-t-il conseillé. J'ai hoché la tête. Puis il m'a dit combien je lui devais. J'ai fait un chèque et l'ai raccompagné jusqu'à la porte. Il m'a tendu la main, en me regardant droit dans les yeux. Merci beaucoup, docteur, j'ai dit. Soignez-vous bien, m'a-t-il répondu. Et il s'en est allé.

Après son départ, et grâce au comprimé qu'il

m'avait donné, ma douleur s'est apaisée progressivement, mais j'en ai encore tremblé d'émotion un bon moment, puis j'ai essayé de résister, mais je n'ai pas pu m'en empêcher et, malgré l'heure, j'ai appelé chez moi.

Et à peine ai-je entendu sa voix ensommeillée que j'ai dit je vous aime, vous me manquez, je suis tellement impatient de vous revoir, si tu savais. Il y a eu un instant de silence. Tu m'entends ? j'ai fait. Alors elle m'a demandé si j'étais ivre.

J'ai levé le pied, les jours suivants, comme le médecin me l'avait recommandé. J'ai bien suivi mon traitement, j'ai mangé léger, autant que faire se peut, et demandais pour cela à Izmir une formule Kebab aménagée à mon nouveau régime. Beaucoup de salade, très peu de viande, un soupçon de sauce blanche, quelques frites bien égouttées, et surtout, surtout pas de piment. Et grâce à toutes ces précautions, je n'ai plus ressenti de douleur aussi vive que celle qui m'avait poignardé, cette fameuse nuit.

La conséquence inévitable de ce rythme ralenti et du temps que je prenais pour me soigner, c'est que la progression de mon enquête s'en est ressentie et, non sans une certaine anxiété, bien que celle-ci me fût également proscrite, je sentais chaque jour davantage combien il me serait difficile d'honorer la promesse que j'avais faite à madame Kempf de lui livrer le nom du coupable pour l'Épiphanie.

Cependant, je ne m'inquiétais pas outre

mesure. Il y a toujours, quelle que soit l'affaire, un moment où l'enquête piétine. Le tout c'est d'en être conscient et de ne pas s'en faire. C'est un passage obligé. Un temps qui permet de réfléchir et de prendre son élan. Il faut, en quelque sorte, savoir piétiner pour mieux sauter.

L'avantage qu'ont les forces de l'ordre sur moi, me disais-je du haut de mon tabouret, accoudé au bar du café de la place, ce sont les moyens techniques et scientifiques dont elles disposent et auxquels je n'ai malheureusement pas accès. À ma place, sûr que les types auraient mis la ville entière sur écoute, et pour un seul homme à filer, ils seraient dix sur le coup. Dans la crèche, ils auraient relevé partout des empreintes, soulevé, un à un, chaque brin de paille pour trouver un indice qu'ils se seraient empressés d'envoyer ensuite au labo, où ils ont de ces appareils ultra-sophistiqués, en gros, on y met ma bouloche d'un côté, et de l'autre, on en ressort la photo du coupable.

Il y avait autre chose, aussi, que je leur enviais plus encore, moi à qui l'anonymat et le secret commençaient à peser, c'était de pouvoir enquêter librement, à visage découvert, de pouvoir poser des questions auxquelles on vous répond parce qu'on vous craint et qu'on y est obligé, et que sinon, une bonne torgnole et la mémoire revient toute seule.

Mais je n'étais pas amer. C'est ainsi, me disais-je, et je me réjouissais qu'ils ne s'embarrassent pas de ce genre d'affaire, sans quoi la concurrence serait rude et je n'aurais plus, moi, qu'à mettre la clé sous la porte.

Un peu plus tard, de retour à l'hôtel, suite à ces réflexions, j'ai appelé le père Steiger pour lui demander des moyens supplémentaires. J'ai dit que je devais élargir le périmètre de mes recherches et qu'il me fallait pour cela impérativement un véhicule, afin de pouvoir mener à bien mes filatures, ou mes poursuites, le cas échéant. Il a eu l'air embarrassé. Il a réfléchi. Il m'a dit qu'il m'aurait volontiers prêté sa voiture, mais qu'il en avait vraiment besoin tous les jours. Cependant, étant donné ce dont j'avais été témoin, ce dont il m'était redevable, et l'argent qu'il me devait toujours, je savais qu'il ne me refuserait rien. Je vais voir ce que je peux faire, m'a-t-il dit. J'en ai profité aussi pour lui demander ce qu'il en était de mon avance. Alors, il m'a expliqué que sa banque était fermée aujourd'hui et qu'il n'avait pas pu s'y rendre pour retirer l'argent, comme prévu, mais qu'il tiendrait ses engagements et se rembourserait ensuite sur les quêtes du dimanche, tout au long de l'année, et Dieu saurait bien lui pardonner, car c'était pour la bonne cause. J'ai dit que je n'en doutais pas un seul instant.

Le même soir, j'ai résolu l'énigme de la chambre du dessus. Je n'ai pas beaucoup de mérite, je l'avoue, cela s'est fait un peu par hasard, et même s'il n'y avait aucun lien entre ce mystère et celui de la crèche, j'y voyais, en quelque sorte, le signe annonciateur du grand dénouement général qui se préparait. Et cela m'a donné du courage.

Je venais, avant de me mettre au lit, d'appeler chez moi, mais je n'avais pas réussi à la joindre, ce qui, sans pour autant m'inquiéter, m'avait tout de même étonné. C'est alors qu'à travers mon plafond sont tombés de la chambre du dessus les soupirs auxquels j'étais habitué, et j'ai su que c'était reparti pour un tour et que je n'allais pas fermer l'œil de sitôt. Cette fois, pourtant, je n'ai pas voulu monter. Je devais éviter tout énervement inutile, m'avait recommandé le médecin. Alors, j'ai allumé le téléviseur, j'ai mis le son bien fort, à la fois pour ne pas les entendre et pour leur faire comprendre, surtout, qu'à cause d'eux on ne s'entendait plus, et j'ai fait défiler toutes les chaînes.

Au-delà de la 19, il n'y avait plus que de la neige. Enfin, c'était ce que j'avais toujours pensé, car je ne m'étais jamais aventuré beaucoup plus loin. Mais comme je tendais l'oreille pour savoir s'ils réagissaient un tant soit peu, là-haut, et se décidaient, oui ou non, à la mettre enfin en sourdine, je n'ai pas prêté attention à ce que je faisais, si bien qu'arrivé à la 19, emporté par mon élan, j'ai poursuivi, sans même m'en rendre compte, et j'ai passé la 20, la 21 et les suivantes, jusqu'à la 28, sur laquelle je me suis arrêté, stupéfait.

La scène se déroulait dans un appartement moderne, juste après un dîner auquel venaient de participer deux jeunes couples. Un dîner sans doute bien arrosé, à en croire la tournure surprenante qu'avaient prise les choses, car les deux jeunes femmes se retrouvaient maintenant au salon, nues et tête-bêche, se donnant l'une à l'autre sur un grand canapé en cuir blanc, pendant que leurs époux respectifs, des collègues de bureau, sûrement, semblaient se réjouir de ce que leurs épouses aient sympathisé aussi vite, et tentaient, comme ils pouvaient, de se rendre utiles sur cet affreux canapé.

Tout cela ne se faisait évidemment pas en silence, et les filles se réjouissaient de concert des affinités qu'elles se découvraient, tandis que les hommes s'extasiaient en râlant sur cette belle idée qu'avaient eue les filles de prendre le dessert au salon.

Et ces soupirs et ces cris, parfaitement à l'unisson avec ceux qui provenaient de la chambre du dessus.

Ce n'est pas que je sois très friand de ce genre de spectacle, mais il faut reconnaître qu'on s'y laisse prendre, on s'attache aux personnages, on s'identifie, on vibre, on palpite et, au bout du compte, aussi, on aimerait bien savoir comment ça finit, si bien que, c'est vrai, on ne voit pas le temps passer, de sorte que je ne saurais dire depuis combien de temps j'étais là, bouche bée, lorsqu'on a frappé à ma porte.

J'ai sursauté et me suis empressé de couper le son. J'ai tout de suite pensé qu'il s'agissait du type de la chambre du dessus et me suis dit qu'il ne manquait pas de toupet de venir me reprocher ce qu'il m'imposait lui-même, chaque soir, depuis mon arrivée ici. Je ne me suis évidemment pas donné la peine d'aller ouvrir. Je n'ai plus bougé en attendant qu'il s'en aille. Mais on a frappé de nouveau. S'il voulait qu'on s'explique, j'avais des arguments, moi aussi. Je ne me suis pas laissé impressionner. C'est pour quoi ?! j'ai demandé, d'une voix forte, sans bouger de mon lit. C'est monsieur Beck, m'a-t-on répondu, de l'autre côté de la porte. Cela m'a soulagé, et surpris également. J'ai éteint le téléviseur et me suis levé pour aller lui ouvrir. Cela fait un moment que je frappe, m'a-t-il dit. Je ne vous dérange pas, au moins ? Pas du tout, ai-je répondu, avant de l'inviter à entrer. Je lui ai demandé d'excuser ma tenue et j'ai refermé la porte. J'ai cru que je vous dérangeais, pourtant, a-t-il insisté lourdement, et je savais bien à quoi il faisait allusion. Non, non, ai-je balbutié, je relisais simplement mes notes. Et alors ? m'a-t-il demandé. Et alors quoi ? j'ai fait. Eh bien, vos notes, m'a-t-il répliqué, que vous ont-elles appris ? Mes notes ne m'apprennent rien de plus que ce que je sais déjà, ai-je expliqué, puisque c'est moi qui les ai prises. Bien sûr, m'a-t-il dit, suis-je bête. Cependant, vous n'avez pas tort, ai-je poursuivi, elles me permettent heureusement d'approfondir les choses, de redécouvrir des détails que j'avais oubliés, de mettre en perspective certains témoignages, et pour toutes ces raisons, évidemment, elles me sont infiniment précieuses.

Je lui ai ensuite proposé l'unique chaise de ma chambre. Il s'y est assis, en s'accoudant à la petite table, tandis que j'ai pris place sur le lit. J'attendais qu'il m'explique le motif de sa visite, mais il n'en a rien fait. Et donc, m'a-t-il relancé, qu'en avez-vous conclu ? Ce que j'en ai conclu ?... ai-je répété, le temps de savoir ce que j'aurais bien pu en conclure, si effectivement j'avais mis le nez dans mon carnet ce soir. Ce que j'en ai conclu, ai-je répété encore, c'est que... c'est que je ne pense pas qu'Izmir ait quelque chose à voir dans cette affaire, ai-je improvisé. Qui ça? m'a-t-il demandé. Izmir, du *Snack Kebab Izmir*, lui ai-je précisé. Je ne le connais pas, m'a-t-il dit, mais je vois très bien où se trouve le restaurant. Et vous pensiez que ce monsieur Izmir était le coupable? s'est-il étonné. Je l'ai cru, oui, ai-je répondu. Du moins, j'ai cru qu'il était impliqué dans l'affaire. Enfin, je pensais qu'il savait quelque chose, en tout cas. Et vous ne le pensez plus? m'a-t-il dit. Non, j'ai fait, et j'espérais qu'il ne m'en demanderait pas davantage, car j'aurais été bien incapable de justifier ma réponse. En tout cas, a-t-il ajouté, sachez que si vous avez encore des doutes à son sujet et que vous souhaitez lui poser quelques questions plus précises, nous avons un endroit prévu à cet effet, vous le savez, madame Kempf vous l'a dit, vous pouvez en profiter, et je suis prêt à vous aider. J'ai dit que ça irait bien comme ça, merci. Et j'étais persuadé qu'il allait enfin m'expliquer pourquoi il était venu me voir, mais on aurait dit qu'il n'y parvenait pas. Il a regardé autour de lui. Il semblait mal à l'aise. Ça sent bon la peinture fraîche, a-t-il remarqué. C'est le moins qu'on puisse dire, ai-je répliqué. Et la fenêtre donne de quel côté? Sur la rue, j'ai dit. Ce n'est pas trop bruyant, au moins? Ça va, j'ai répondu. Puis il a posé les yeux sur ses chaussures. Il a fait quelques mouvements de pied. Je l'ai laissé mariner encore un peu et, au bout d'un moment, j'ai pris les choses en main. Excusez-moi, j'ai dit, je ne veux pas vous paraître impoli, ni vous brusquer, mais je suppose que si vous êtes venu me trouver à cette heure, c'est pour une raison particulière. Toutefois, si ce n'est pas le cas, ai-je cru bon d'ajouter, croyez bien que je suis ravi de bavarder avec vous. Il a esquissé un sourire crispé. Il a levé les yeux vers moi. Oui, effectivement, a-t-il reconnu, j'ai quelque chose à vous dire. Quelque chose à vous avouer, plutôt. Et déjà je m'emballais.

C'est toujours au moment où on s'y attend le moins que les choses finissent par arriver. Voilà une affaire rondement menée, ai-je pensé. Je n'avais pas encore eu le temps de le suspecter vraiment qu'il passait déjà aux aveux. Si tu ne vas pas au coupable, le coupable viendra à toi, me suis-je dit. C'était une devise personnelle qui, une fois de plus, se vérifiait. Je jubilais, mais j'ai su rester impassible. Je vous écoute, j'ai dit, et j'étais bien curieux de connaître la raison qui l'avait poussé à commettre un tel acte.

Il a inspiré profondément et s'est enfin jeté à l'eau. Je vous ai menti, m'a-t-il dit. Par deux fois, je vous ai menti. Chaque fois que vous m'avez questionné au sujet du berger. J'ai hoché la tête pour l'encourager à poursuivre, ce qu'il a fait. Je vous ai dit que je l'avais toujours connu dans cet état, avec cette ébréchure au front, mais ce n'est pas vrai. Je m'en doutais, ai-je répliqué. C'est moi qui l'ai renversé par mégarde, a-t-il poursuivi. Juste après avoir déposé l'enfant dans la mangeoire, lorsque je suis ressorti de la crèche.

Et il a baissé la tête pour éviter de croiser mon regard. Certes, j'ai dit, mais venons-en au fait, vous n'en serez que plus vite soulagé. Alors il a soupiré, avant de reprendre. Eh bien, lorsque j'ai bousculé le berger et que celui-ci est tombé, ce n'est pas sur le sol qu'il est tombé, mais sur un agneau. De toute sa hauteur et de tout son poids. Et sous le choc, l'agneau s'est brisé en plusieurs morceaux. J'en aurais pleuré, m'a-t-il dit, la gorge nouée, mais que pouvais-je y faire, alors ? Je me suis empressé de relever le berger et j'ai ramassé à la hâte les morceaux de l'agneau que j'ai emportés chez moi pour les faire disparaître. Voilà pourquoi ils étaient trois l'an passé et ne sont plus que deux cette année, ce que par miracle personne n'a remarqué. Il y a eu un instant de silence. Il s'est redressé sur sa chaise. Il paraissait soulagé d'un grand poids. Je n'osais pas croire qu'il allait s'arrêter là. Mais ce n'est pas tout, n'est-ce pas ? lui ai-je demandé encore, pour l'encourager à poursuivre. Si, c'est tout, m'a-t-il affirmé, je le jure. Jamais, au grand jamais, je n'ai touché à l'enfant, je le jure devant Dieu, je n'y suis pour rien, et je voulais vous le dire avant que votre enquête vous amène à le penser. Et si je n'ai pas pu l'avouer au père Steiger, a-t-il ajouté, c'est que j'ai eu tellement peur de le décevoir, vous comprenez ? Et puis vous savez, il n'a pas l'air, comme ça, mais il peut parfois se mettre dans des colères noires, vous n'avez pas idée.

Je tombais de haut. Je me suis gratté le sommet

de la tête, me suis dit qu'il faudrait que je note tout ça dans mon carnet, une fois qu'il serait parti. Je me suis levé parce que j'avais besoin de me détendre. Il ne me quittait plus du regard. J'avais le sentiment qu'il attendait mon absolution, mais je n'ai pas prononcé un mot avant un long moment.

J'ai d'abord fait quelques pas du lit à la porte, de la porte au lit, puis j'ai enjambé ses pieds pour aller jusqu'à la fenêtre. Je m'y suis appuyé, et j'ai regardé un instant dans la nuit. Un véhicule de salage est passé dans la rue et la lumière de ses gyrophares s'est projetée sur les murs de la chambre. J'ai tiré le rideau. Puis enfin, je me suis retourné vers le sacristain. Je vous crois, j'ai dit. Et je n'en dirai rien au père Steiger, soyez sans crainte.

Il s'est levé et m'a serré la main. Vous ne pouvez pas imaginer, m'a-t-il confié, à quel point je me sens plus léger. Je l'ai remercié d'être venu me trouver. Il m'a souhaité une bonne nuit et s'en est allé.

Après son départ, je suis resté là un moment, un peu sonné, puis j'ai regardé ma montre et me suis dit qu'en plus je devais sûrement avoir manqué la fin du film. J'ai rallumé le téléviseur en prenant garde de ne pas trop monter le son.

Je n'ai pas compris pourquoi cela se passait maintenant à l'arrière d'une limousine, je n'ai pas su dire, non plus, comme elle me tournait le dos, si la jeune femme était l'une des deux du canapé, ni si le bellâtre sur lequel elle sautait à califourchon était l'un des types de tout à l'heure, à moins que ce ne fût le chauffeur, dont on ne voyait que le regard vicieux dans le rétroviseur, si bien que je n'ai pas réussi à savoir si c'était encore le même film, ou un autre qui venait juste de commencer.

C'était le dimanche de l'Épiphanie. Je l'ai appelée de bonne heure, depuis la salle du petit déjeuner, mais cette fois non plus je n'ai pas réussi à l'avoir, ce qui m'a un peu agacé. Je suis remonté dans ma chambre et me suis préparé, avant de redescendre une petite demi-heure plus tard.

Cela faisait un moment que je n'avais pas vu l'hôtelière. Depuis le début de l'année. Je lui ai présenté mes vœux, en lui tendant la main, mais elle m'a dit qu'elle se permettait de me faire la bise, pour l'occasion, et il m'a bien semblé que c'était un genre de bises qui en disait bien plus que bonne année.

Elle m'a raconté qu'elle avait pris quelques jours pour aller voir sa sœur. Elle m'a dit qu'elle avait eu peur que je ne sois parti à son retour et qu'elle n'ait pas pu me dire au revoir. Je l'ai rassurée en lui apprenant que j'avais l'intention de rester encore un peu. Elle m'a répondu qu'elle s'en réjouissait. Et comment vont les affaires ?

m'a-t-elle demandé. Je ne m'en plains pas, j'ai fait. Déjà sur le pont, même un dimanche matin ? s'est-elle étonnée. C'est que je vais à la messe, lui ai-je expliqué. Elle a eu l'air de m'envier et m'a dit qu'elle regrettait de ne jamais pouvoir y aller, à cause de son travail. Elle m'a demandé de bien vouloir prier pour elle, car elle n'était qu'une pauvre pécheresse, a-t-elle ajouté. Enfin, c'est ce que j'ai cru comprendre. À moins que ce ne fût mon imagination qui s'échauffait. Je n'ai pas osé lui demander de répéter. Je n'y manquerai pas, j'ai dit.

Après que monsieur Kolmayer eut plaqué son dernier accord et que tous les fidèles eurent quitté l'église, je me suis rendu à la sacristie pour féliciter le père Steiger, comme on le fait pour un artiste qu'on va trouver dans sa loge. J'ai attendu qu'il ait fini de se changer et lui ai dit que son sermon avait été remarquable, et je le pensais sincèrement. Il m'en a remercié.

Les deux enfants de chœur s'en sont allés les premiers, et monsieur Beck nous a laissés peu de temps après, en nous souhaitant un bon dimanche. Une fois seul avec le père Steiger, je n'ai même pas eu besoin d'aborder la question. C'est lui qui en a parlé le premier, et m'a dit qu'il n'avait bien sûr pas oublié pour mon avance, mais qu'il avait malheureusement dû remplacer hier, au pied levé, un prêtre d'une autre paroisse, pour célébrer un enterrement à sa place, et qu'à son retour la banque était déjà fermée. Un enterrement ? j'ai fait. Un enterrement, oui, a-t-il répété. Et qui a-t-on enterré, je peux savoir ? Un certain monsieur Wurms, m'a-t-il répondu. J'ai sorti mon carnet et lui ai demandé de bien vouloir m'épeler ce nom. Je l'ai noté. Et quel âge avait-il ? ai-je poursuivi. La cinquantaine, me semble-t-il. C'est jeune, j'ai dit. Effectivement, a-t-il reconnu. De quoi est-il mort, au juste ? Je dois vous avouer que je ne sais pas, m'a-t-il répondu. Vous l'avez enterré sans savoir de quoi il est mort ? me suis-je étonné. Quelle importance ? a-t-il répliqué. Je ne sais pas ce qui m'a pris, alors, mais je n'ai pas pu m'empêcher de le remettre à sa place, et je me suis surpris moi-même de cette soudaine autorité. C'est moi, ai-je décrété, qui décide, ici, de ce qui a de l'importance et de ce qui n'en a pas, voulez-vous ?! Il a fait profil bas. J'ai baissé le ton. Vous ne savez donc pas, alors, ai-je repris, de quoi il est mort ? Je l'ai peut-être su, m'a-t-il dit, mais je ne m'en souviens plus. Je peux me renseigner, si vous le souhaitez, a-t-il ajouté. Ça ira comme ça, j'ai dit, en refermant mon carnet. J'avais parfois l'impression de m'égarer.

Depuis que j'étais entré dans la sacristie, j'avais à l'œil les deux corbeilles en osier qui avaient servi pour la quête et qui étaient posées l'une sur l'autre, sur le buffet. Je m'en suis approché. Le contenu des deux avait été versé dans celle du dessus. Beaucoup de petites pièces et de rares billets qui ne représentaient sûrement qu'une modique somme. Je me suis tourné vers le prêtre. Vous ne voyez pas d'inconvénient, lui ai-je demandé, à ce que je prélève une avance sur mon avance ? J'allais justement vous le proposer, m'a-t-il répondu, avant de détourner le regard, comme si cela le rendrait moins complice. Alors j'ai plongé la main dans la corbeille et l'ai vidée dans ma poche. Il m'a tout de même recommandé de bien vouloir en laisser suffisamment pour que le trésorier, à qui il devait remettre l'argent, n'aille pas suspecter quelque chose. Je lui ai dit que je n'en avais pris qu'une petite poignée et qu'on ne voyait même pas la différence. Cependant, pour lui faire plaisir, j'ai consenti bien volontiers à remettre quelques pièces dans la corbeille.

Avant de m'en aller, je lui ai encore demandé ce qu'il en était de la voiture qu'il devait me procurer. Il m'a dit qu'il avait pensé à celle de monsieur Beck, qu'il allait voir avec lui et me tiendrait au courant. Je lui ai conseillé de ne pas trop tarder, puis lui ai souhaité un bon dimanche. J'ai quitté la sacristie, traversé le chœur et descendu l'allée centrale.

Mes pièces tintaient au fond de ma poche et je marchais d'un pas alerte, porté par le sentiment grisant d'avoir soudain gagné en crédibilité.

Vers midi, de retour à l'hôtel après un crochet par le café de la place, enfin j'ai pu la joindre.

J'ai demandé comment ça allait. Ça va, m'a-t-elle dit. Et la voiture ? j'ai fait. Toujours pareil, m'a-t-elle répondu. Tant que ce n'est pas pire, j'ai dit. Et toi, m'a-t-elle demandé, où en es-tu, au juste ? Je commence à voir le bout du tunnel, j'ai fait, ce n'est plus qu'une question de jours, et je lui ai dit que j'étais désolé de ne pas pouvoir être à la maison pour tirer les rois avec eux, ce à quoi elle m'a répondu de ne pas m'en faire, que tout allait bien et qu'il fallait avant tout que je pense à mon enquête. Je lui ai dit qu'elle avait raison et cela m'a surpris qu'elle le prenne aussi bien. Et puis elle s'est souvenue que madame Conti, de la banque, avait appelé hier matin pour me parler. Elle n'a pas laissé de message ? j'ai demandé. Non, elle a dit qu'elle rappellerait. J'ai supposé que c'était sûrement pour me présenter ses vœux. Peut-être bien, oui, m'a-t-elle fait. Et puis je lui ai dit que j'avais essayé de la joindre, hier soir déjà, et ce matin aussi, et qu'elle n'était pas là. Alors elle m'a dit qu'elle avait mis les enfants chez sa mère et qu'elle était allée au cinéma. Cela m'a fait plaisir qu'elle se change un peu les idées. Avec ta cousine ? j'ai demandé, car c'est ce qu'elle faisait, de temps en temps, sortir avec sa cousine au cinéma. Il y a eu un silence. Allô ? a-t-elle fait ensuite, comme si elle ne m'avait pas bien entendu. Avec ta cousine ? j'ai répété. Non, m'a-t-elle répondu, avec le chauffagiste. Mais comment ? j'ai balbutié. Eh bien, figure-toi qu'il est passé parce qu'il avait un dépannage dans le quartier, et il a eu la gentillesse de venir voir si tout allait bien du côté de la chaudière. Il a fait quelques réglages, puis nous avons pris un café ensemble, parlé de choses et d'autres un petit moment, et il en est venu à me raconter qu'il était passionné de cinéma, et je lui ai dit que j'aimais bien ça, moi aussi, mais que je regrettais de ne pas pouvoir y aller plus souvent, alors il m'a dit que peut-être nous pourrions y aller ensemble ce soir. Et j'ai dit oui.

Allô ? Tu m'entends ? m'a-t-elle demandé. Oui, oui, je t'écoute, j'ai dit. Tu ne dis plus rien, a-t-elle repris. Ça ne te dérange pas, au moins ? Pourquoi voudrais-tu que ça me dérange ? j'ai fait.

Le lendemain, les bras m'en sont tombés. Non pas à cause de cette histoire de cinéma, bien que je n'aie pas cessé d'y penser, mais parce que de retour de chez Izmir, où je venais de déjeuner, en abordant la place, j'ai vu qu'il y avait là, sur le parvis, quatre ou cinq types coiffés de casques de chantier, occupés à défaire la crèche.

Tous les personnages avaient déjà disparu, le grand sapin était couché au pied des marches, et les hommes s'affairaient maintenant à en démonter le toit et à jeter les rondins et les planches à l'arrière d'un petit camion. Je me suis approché. J'ai demandé à l'un d'entre eux ce qu'ils faisaient. Il m'a répondu que ça se voyait. J'ai rétorqué que, justement, ce n'était pas possible, qu'ils ne pouvaient pas faire ça maintenant, et qu'il fallait la remonter tout de suite. Alors aussitôt, le type s'est adressé à ses collègues pour leur dire de s'arrêter parce qu'il venait d'avoir des consignes et qu'il fallait tout remonter. Les autres ont fait de grands yeux ronds et des drôles de gueules.

Mais le type a alors éclaté de rire et leur a dit qu'il plaisantait, et les autres ont bien ri aussi et tous, ensuite, se sont remis au travail.

Pour ma part, je n'ai pas apprécié la plaisanterie. Je me suis éloigné de quelques pas pour appeler immédiatement le père Steiger. Et, pour une fois, j'ai pu le joindre tout de suite. Il m'a dit qu'il s'apprêtait justement à se rendre à la banque. Je lui ai dit que je ne l'appelais pas pour ça, mais à cause de ce que je venais de découvrir, consterné. J'ai dit qu'on ne pouvait pas faire disparaître ainsi la scène du crime avant la fin de l'enquête, et qu'on sabotait tout mon travail. Il m'a répondu qu'il en était profondément désolé, mais que c'était malheureusement comme ça depuis toujours, et qu'une fois l'Épiphanie passée la crèche était démontée, que ce n'était pas de son ressort, mais de celui de la mairie, et qu'il craignait malheureusement de ne rien pouvoir faire. Dans ces conditions, ai-je répliqué, moi non plus, je ne vous garantis pas de pouvoir faire grand-chose, et j'ai raccroché.

Un soir, l'hôtelière à qui je demandais ma clé m'a reproché de lui avoir fait des cachotteries. Je n'ai pas compris, d'abord, à quoi elle faisait allusion. Je vous demande pardon ? j'ai fait. Je sais, m'a-t-elle dit, quel métier passionnant vous faites. Mais je sais aussi garder un secret, a-t-elle poursuivi, en posant son index en travers de ses lèvres. J'ai fait celui qui n'avait rien compris. Oui, j'ai répondu, autant dans le vin de messe que dans les roulements à billes, c'est vrai que c'est assez varié, on voit des gens et du pays, je ne m'en lasse pas. Mais au clin d'œil qu'elle m'a adressé alors, j'ai compris que tout effort supplémentaire pour continuer de jouer au représentant ne serait que peine perdue. Je lui ai souri d'un air entendu, j'ai pris ma clé et suis monté.

Du bout du couloir, j'ai vu la femme de ménage quitter ma chambre et me suis réjoui de constater qu'elle s'était enfin décidée à s'en occuper. J'ai pensé que cela devait faire partie de ses bonnes résolutions pour la nouvelle année. Avant de s'en aller, elle a encore retiré le petit écriteau « prière de ne pas déranger », qu'elle avait accroché à la poignée de la porte, et l'a raccroché à l'intérieur. Puis elle a refermé doucement la porte, s'est retournée, et comme elle ne m'avait pas entendu approcher, en m'apercevant, elle a sursauté. Nous nous sommes à peine salués et elle s'est éloignée. Je ne l'ai pas quittée des yeux. Au milieu du couloir, elle a récupéré son chariot qu'elle avait laissé devant une chambre et s'en est allée sans traîner.

Encore vous ! me suis-je exclamé, en ouvrant ma porte, stupéfait de découvrir la chambre enfumée et le peintre allongé sur mon lit, comme sous un ciel étoilé. Il fumait une cigarette, et c'est tout juste s'il a tourné la tête vers moi lorsque je suis entré. Il avait l'air rêveur et ses yeux brillaient. À voir le désordre qui régnait toujours dans la chambre, et la poussière partout sur les meubles, j'ai compris que la femme de ménage n'était pas venue pour ça. J'ai demandé au peintre ce qui s'était passé, ici, au juste. Il a écarquillé grand les yeux, façon de me répondre qu'il n'y avait pas de mots pour le dire.

J'ai dit que je pensais pourtant ne plus le revoir. Il a tenu à me rassurer, en m'expliquant qu'il était juste venu pour les finitions et qu'il en avait définitivement terminé, maintenant. Il s'en irait aujourd'hui et je ne le reverrais plus.

La fenêtre était tout embuée, on n'y voyait plus à travers et quelques gouttes d'eau perlaient le long des vitres. J'ai traversé la pièce pour aller l'ouvrir, mais ce n'est qu'en actionnant la poignée que je me suis souvenu que c'était impossible.

Le peintre s'était assis au bord du matelas. Il a bâillé bruyamment, il a remis ses chaussures, les a lacées, et s'est levé en s'étirant. Puis il s'est mis à faire mon lit avec des gestes lents. Je lui ai dit de laisser tomber, que ça irait bien comme ça, mais il m'a assuré qu'il y tenait et que c'était bien la moindre des choses. Je ne l'ai pas contredit.

Ensuite, il a rassemblé ses outils, ses chiffons, ses bidons, il a replié son échelle et il a sorti le tout devant la porte. Une fois qu'il a eu fini, il a attrapé son vieux blouson, suspendu au dossier de la chaise, et l'a enfilé. Puis il a jeté un dernier regard, autour de lui, sur son travail. Ça valait le coup que je vous embête un peu, non ? m'a-t-il dit. Ça a quand même de la gueule, pas vrai ? Et bien que cela me démangeât de lui dire que je n'y voyais pas vraiment de différence, afin que nous nous quittions bons amis, j'ai acquiescé d'un long hochement de tête. Et puis, avant de partir, il a dit qu'il tenait à ce que je sache qu'il me devait une fière chandelle. Grâce à vous, m'a-t-il confié, j'ai parlé à ma mère, vous savez, pour la mortadelle. Je l'ai félicité d'y être arrivé. Il m'a avoué que ça n'avait pas été facile, que ça ne s'était pas fait sans cris, ni sans larmes, mais toujours est-il qu'il avait fini par se faire comprendre. Trop bien, peut-être même, a-t-il ajouté, car depuis, c'était tous les jours salami. C'est juste une question de réglage, j'ai dit, mais tout ça m'a l'air en très bonne voie.

Alors il m'a confié qu'il ne comptait effectivement pas s'arrêter en si bon chemin et avait bien l'intention, dès ce soir, de lui annoncer qu'il avait rencontré quelqu'un dont il était très amoureux, et qu'il projetait de s'en aller vivre avec elle, avec sa bénédiction ou non. J'ai cinquante-trois ans, tout de même, merde! m'a-t-il précisé, comme pour se convaincre qu'il avait raison d'agir ainsi. J'ai dit que c'était courageux de sa part, mais je l'ai mis en garde, car s'il ne voulait pas avoir sa mort sur la conscience, il fallait y aller doucement quand même. Une chose après l'autre, lui ai-je conseillé. Il a hoché la tête d'un air soucieux, et cependant déterminé. Et puis il m'a déclaré qu'il était heureux d'avoir fait ma connaissance. Je lui ai dit moi aussi, et lui ai souhaité bonne chance pour tout. Il m'a dit bon courage pour votre enquête. J'en suis resté sans voix.

Le lendemain matin aussi, au bar-tabac de la place, en me servant mon café, le patron a voulu savoir si ça avançait. Et un peu plus tard, à l'heure du déjeuner, Izmir m'a demandé combien ça gagnait, au juste, un privé. Et la fille du magasin de chaussures est sortie en me voyant passer pour savoir si ça allait, les bottines, si j'en étais content et, par la même occasion, si j'avais déjà une idée de qui avait pu faire le coup.

Une traînée de poudre, partie je ne sais d'où, et c'en était fini de mon anonymat. Moins de deux semaines, en tout et pour tout, c'est le temps qu'il aura duré. Et autant cela m'avait pesé, autant j'ai compris que ma tâche n'en serait désormais que plus difficile. Si tant est que cela fût possible.

Une femme vient me trouver parce qu'elle a des doutes au sujet de son mari. Depuis un moment, il lui offre des fleurs, ce qui n'est pas dans ses habitudes, et pas juste une rose de temps en temps, non, tous les jours, de très beaux bouquets, à des prix exorbitants. Au lieu de s'en réjouir, de se dire qu'il l'aime de plus en plus, elle le soupçonne au contraire d'avoir quelque chose à se faire pardonner et me charge de découvrir quoi.

Je me mets donc sur le coup et je surveille cet homme, tous les jours de la semaine, depuis son départ de chez lui le matin jusqu'à son retour le soir. Où qu'il aille, je le suis à la trace, et cela deux semaines durant. Et alors ? m'a-t-elle demandé. Et alors, j'ai fait, eh bien, je ne trouve rien d'anormal, rien de suspect, pas le moindre rendez-vous louche, pas le plus petit écart. Rien de particulier, à part, bien sûr, ce détour chez le fleuriste, tous les soirs, en rentrant. Et tous les soirs, il en ressort avec un bouquet plus somptueux que la veille, qu'il rapporte bien à sa femme, évidemment, je l'ai vérifié. C'est incroyable ! s'est-elle exclamée. Attendez, j'ai fait, vous allez voir, et j'ai repris. Donc, au bout de deux semaines, sans la moindre piste, je me dis que je ferais peut-être bien de le suivre jusque chez le fleuriste, au lieu de l'attendre dehors. Ce que je fais, un soir, et je pénètre un peu après lui dans la boutique, me faisant passer pour un simple client. Et là, en découvrant la fleuriste, belle comme un cœur, tout devient soudain très clair, et je n'ai plus qu'à laisser traîner une oreille pour avoir la confirmation de ce que je pressens. Et croyez-moi, je ne suis pas déçu en assistant à la cour qu'il lui fait pendant qu'il choisit longuement ses fleurs et qu'elle lui confectionne ensuite ses bouquets. Des avances et des déclarations à n'en plus finir auxquelles, chaque jour, elle semble de moins en moins insensible. Le salaud ! s'est-elle écriée. C'est ce que m'a dit ma cliente, aussi, lorsque je l'ai enfin avertie de ce qui se tramait. Elle peut me remercier d'avoir sauvé son couple, ai-je ajouté. Je n'en reviens pas ! m'a-t-elle dit. C'est vrai que c'est une de mes enquêtes dont je suis le plus fier, lui ai-je avoué. Peut-être aussi parce que ce n'est pas souvent, dans ce genre d'affaire, que l'on peut intervenir suffisamment tôt pour éviter le pire. C'est tout simplement extraordinaire ! s'est-elle exclamée. Et vous en parlez avec tant de passion qu'on pourrait vous écouter pendant des heures, a-t-elle ajouté. Vous êtes bien gentille, lui ai-je dit. Si cela vous intéresse, la prochaine fois, je vous raconterai comment j'ai retrouvé la vieille tortue du jardin botanique de Chanville, disparue pendant plus d'un mois. C'est assez cocasse, vous verrez. Saine et sauve, j'espère ? s'est-elle inquiétée. Je ne vous en dis pas plus pour le moment, je dois y aller, j'ai quelqu'un à filer. Vous êtes cruel, a-t-elle plaisanté.

Et j'ai quitté l'hôtel, un peu honteux de m'être tant vanté. Mais il fallait bien, me suis-je dit, que je tire au moins quelque avantage d'avoir été démasqué.

Le temps s'est radouci un peu, mais le ciel est resté plombé. Dans les rues et sur la place, la neige se tassait, devenait de moins en moins blanche, de plus en plus granuleuse et translucide. Et puis est arrivée la pluie, du matin au soir, une pluie cinglante et glacée, et tout s'est mis à fondre, à dégouliner de partout. Ça tombait des toits, aussi, par gros paquets. On pataugeait dans une bouillie infâme, une soupe grisâtre, on ne savait plus où poser les pieds. Quel temps pourri, pas vrai ? m'a dit Izmir, qui s'était mis à me parler.

Les bonshommes de neige voyaient leur fin prochaine et se pissaient dessus de se voir ainsi rapetisser. Ils en perdaient la tête, d'un seul coup elle tombait, ou bien par petits bouts, d'abord un œil, puis l'autre, puis la bouche et le nez. Et enfin les bras, dans la foulée, ou les bras d'abord, cela dépendait. Et de les voir crever doucement, comme ça, sous la pluie, ça faisait mal au cœur.

Il a fait ce temps épouvantable pendant deux

jours. Deux jours durant lesquels je suis très peu sorti. J'en ai profité pour tout récapituler, tout remettre à plat, je me suis repenché sur chaque détail et j'ai fait le tri, dans mon carnet, entre ce qui me semblait important, que je recopiais bien au propre sur de nouvelles pages, et ce qui ne l'était pas, que je barrais d'un grand trait. J'ai même arraché des pages entières et suis retombé sur ces quelques mots que j'avais inscrits : « acheter un stylo rouge », ce qui m'était complètement sorti de la tête. Il m'aurait pourtant été bien utile pour y voir plus clair, d'autant que ce n'était pas facile de rester concentré sur mon travail, car je n'avais de cesse de repenser à cette soirée cinéma et au chauffagiste, et tantôt je me reprochais de voir le mal partout, tantôt me montaient des bouffées de colère et je me disais : au cinéma avec le chauffagiste, c'est un peu fort, tout de même !

Durant ces deux jours, j'ai beaucoup regardé la télé, aussi, la 28, je le confesse, jusqu'à en avoir les yeux rouges, et cela ne m'a pas fait du bien, au bout du compte. Surtout, je crois, à cause de cette histoire de plombier en salopette qui intervenait chez une dame pour une simple fuite, et tout ça finissait très mal sur la table de la cuisine. J'en ai eu la nausée.

Puis, dans l'après-midi du second jour, je venais d'essayer d'appeler chez moi, sans plus de succès que la veille, lorsque j'ai entendu du bruit dans la serrure. On essayait d'y introduire une clé. J'ai pensé qu'il s'agissait de quelqu'un qui se trompait de chambre. Vous faites erreur ! j'ai dit, sans me lever. C'est la femme de chambre ! ai-je entendu à travers la porte. Alors je suis allé lui ouvrir. Bonjour, j'ai fait sèchement, si c'est le peintre que vous cherchez, il est parti. Je sais, m'a-t-elle répondu en rougissant, je viens pour faire la chambre. J'ai dit qu'il n'était jamais trop tard pour bien faire, et je l'ai invitée à entrer. Elle a poussé son petit chariot à l'intérieur, chargé de linge et de produits d'entretien. Je vais vous laisser travailler, j'ai dit, je vais faire un tour. Et j'avais aussi dans l'idée d'aller voir l'hôtelière, à qui j'avais une question à poser. J'ai mis mes bottines, enfilé mon manteau et, juste avant que je quitte la chambre, elle m'a demandé si c'était vrai que j'étais de la police. Je n'ai pas dit le contraire. Ça me plaisait de le lui laisser croire. Elle a ajouté qu'on ne dirait pas. Je lui ai rétorqué que, dans mon métier, justement, on apprenait à ne pas se fier aux apparences. Elle a ricané bêtement. Et c'est sur quoi, déjà, que vous enquêtez ? m'a-t-elle demandé encore. Ça ne vous regarde pas, j'ai dit, et je suis sorti.

Dans l'ascenseur, j'essayais de comprendre ce qui me la rendait si antipathique, au-delà du souvenir de l'altercation que nous avions eue, le jour de notre rencontre. Était-ce physique, ou bien ce petit air arrogant qui ne la quittait pas ? Je ne saurais dire. Toujours est-il que je me suis demandé ce que le peintre pouvait bien lui trouver pour prendre ainsi le risque de tuer sa pauvre mère en allant se mettre en ménage avec cette garce, qui ne se donnerait sûrement pas la peine, elle, de lui faire chaque matin, avec amour, ses sandwichs à la mortadelle.

Quelle bonne surprise ! m'a fait l'hôtelière, en m'apercevant. Je me suis approché du guichet. Vous n'allez pas sortir par ce temps, tout de même ! a-t-elle poursuivi. J'ai besoin de me dégourdir les jambes, j'ai dit. Et puis, je voulais aussi vous poser une petite question, au passage. Je vous écoute, m'a-t-elle dit. C'est un peu délicat, j'ai fait, enfin, c'est personnel, c'est peut-être gênant, même, je ne sais pas. Mais je vous en prie, a-t-elle insisté, je serais ravie de pouvoir y répondre. Eh bien voilà, ai-je repris, que dirait votre mari si je vous proposais d'aller au cinéma ? Elle a écarquillé les yeux de surprise. Le temps de réfléchir un instant, elle s'est mordillé les lèvres, et, avant de me répondre, elle s'est encore retournée brièvement vers la porte qui donnait sur la pièce attenante à la réception. Je ne sais pas, m'a-t-elle dit alors, en baissant la voix, mais peu importe, je n'ai pas besoin de lui dire. Je trouverai bien un prétexte pour m'absenter, ne vous en faites pas. En tout cas, je m'en réjouis d'avance.

Aussitôt, évidemment, j'ai compris l'énormité du malentendu, et j'ai tenté de me rattraper, tant bien que mal, lui ai dit qu'elle semblait m'avoir mal compris, enfin, que je m'étais sûrement mal exprimé, plutôt, et que j'en étais désolé, mais qu'elle n'aille pas penser, surtout, que je venais de l'inviter au cinéma, et la voyant blêmir et se décomposer, j'ai mesuré l'humiliation que je lui faisais subir, si bien que j'ai tout de suite précisé que ce n'est pas que cela me déplairait d'aller au cinéma avec elle, bien au contraire, mais ce que j'avais voulu dire, c'est que je ne me permettrais pas de l'inviter au cinéma, alors que son mari se trouvait dans la pièce d'à côté, même si c'était en tout bien tout honneur, cela va de soi, et enfin, j'ai pu lui expliquer que ce que j'avais souhaité obtenir d'elle, avec tant de maladresse, c'était simplement le conseil avisé d'une femme au sujet d'une situation délicate que je traversais moi-même. J'ai fini par me livrer sans retenue, et lui ai expliqué les choses de la sorte, en lui confiant que mon épouse souhaitait, en mon absence, aller au cinéma avec un homme – le chauffagiste, en l'occurrence – et que je ne savais ni quoi en penser ni comment réagir. De toute façon, à quoi bon continuer de parler puisqu'elle ne m'écoutait plus. Elle avait fui mon regard et fixait des yeux un crayon, qu'elle faisait rouler entre ses doigts, et une fois que j'ai eu fini de parler en cascade, elle s'est effondrée et s'est mise à pleurer. Je n'ai rien pu faire pour la consoler, car au même instant son mari est apparu à la porte, derrière elle, et m'a salué. Pour qu'il ne s'aperçoive pas de son état, elle a fait tomber son crayon et s'est mise à le chercher sous sa chaise. Il avait l'air suspicieux et j'ai eu peur qu'il ne nous ait entendus et ne pense que je venais effectivement d'inviter sa femme au cinéma. Il m'a demandé si je voulais quelque chose de particulier. Non, non, j'ai dit, tout va bien, j'allais sortir. Pendant que j'y pense, a-t-il fait, vous ne savez toujours pas quand vous partez ? J'ai répondu que j'en aurais sûrement encore pour une semaine, au moins. Dans ce cas, si ça ne vous dérange pas, m'a-t-il dit, je vais vous faire la note pour les nuits déjà passées, ça commence à faire une petite somme. Je lui ai demandé de bien vouloir l'envoyer au presbytère, comme convenu, à l'intention du père Steiger. Il m'a répliqué qu'à sa connaissance rien n'avait été convenu à ce sujet. Le père Steiger a dû oublier de vous en parler, alors, j'ai fait. Dans ce cas, je vais l'appeler, a-t-il proposé. Vous aurez sûrement du mal à le joindre, lui ai-je dit, c'est un homme très occupé, vous savez.

Et puis je suis sorti prendre l'air et la pluie.

Cela n'a pas duré bien longtemps. J'ai fait le tour du pâté de maisons et suis rentré en boitant. À chaque pas, mon petit orteil me faisait un mal de chien. C'était à croire que ma bottine droite rétrécissait.

L'hôtelière n'était plus au guichet et je n'ai pas pu m'empêcher de m'inquiéter pour elle, car c'était assez inhabituel à cette heure-ci.

J'avais gardé la clé sur moi, si bien que je n'ai pas eu besoin de m'adresser à son mari, qui la remplaçait. Je me suis dirigé droit vers l'ascenseur, mais il m'a interpellé pour me dire qu'il venait de joindre le père Steiger à l'instant. Bien, j'ai fait, tout est réglé, alors ? Pas vraiment, m'a-t-il répondu. Il m'a affirmé que c'est vous qui alliez payer. J'ai soupiré, en secouant la tête. J'ai dit qu'il ne s'en fasse pas, que c'était un malentendu et que j'allais voir ça directement avec lui. En attendant, je prépare la note, m'a-t-il dit. Faites, j'ai répondu d'un ton las, et je suis monté par l'escalier, en me disant que c'était assez difficile, déjà, de mener à bien cette enquête, sans que je doive encore m'embarrasser de ce genre de détails.

En regagnant ma chambre, j'avais oublié que c'était à cause de la femme de ménage que je l'avais quittée, si bien que la surprise n'en a été que plus grande, et je dois reconnaître qu'elle avait fait du beau travail. Cela sentait le propre et le frais. Plus de miettes, ni de petites saletés partout sur la moquette. Plus de poussière blanche sur les meubles, ni l'ombre d'un mouton en dessous. Les serviettes étaient changées, l'émail et les chromes des robinets étincelaient. Le lit était fait et bien fait au carré, le couvre-lit tendu comme une peau de tambour. Et, pour comble, elle était même parvenue à entrouvrir la fenêtre et à aérer la pièce. Je dois dire qu'à cet instant j'ai sincèrement regretté d'avoir tant médit en pensée à son sujet.

J'ai retiré mes bottines. La droite avec plus de précaution que la gauche, et me suis jeté sur le lit. J'ai regardé autour de moi, encore impressionné par le zèle dont elle avait fait preuve. Mais, c'est alors qu'un mauvais pressentiment m'a traversé l'esprit. Je me suis retourné sur le ventre pour atteindre le tiroir de ma table de chevet, me suis empressé de l'ouvrir et d'y plonger la main. Et comme je l'avais craint, cette idiote avait fait la poussière jusqu'au fond des tiroirs, et ma bouloche n'y était plus. Mon unique indice était désormais perdu.

J'ai mis la 28 pour ne plus y penser. Pour ne

plus penser à rien et ne m'intéresser qu'à ces histoires de livreur de pizzas, si bien monté que ses clientes ne lui résistaient pas, de secrétaires, corps et âme dévouées, de belles-mères sur leurs gendres, et autres chevauchées pathétiques.

Le téléphone a sonné. J'ai d'abord coupé le son, et quand j'ai vu que c'était elle qui me rappelait enfin, j'ai tout éteint avant de décrocher. Ça va ? j'ai dit. Ça va, m'a-t-elle répondu. Et toi ? Ça pourrait aller mieux, j'ai fait. Et puis je lui ai dit que j'avais essayé de l'appeler une paire de fois. J'ai vu, m'a-t-elle dit, mais sans m'expliquer, pour autant, pourquoi elle n'avait pas pris la peine de me rappeler plus tôt. Quand penses-tu rentrer ? m'a-t-elle demandé. J'ai dit que d'ici une petite dizaine de jours, au maximum, l'affaire serait sûrement réglée. Alors elle m'a dit qu'il faudrait que nous ayons une conversation, à mon retour. Quelle conversation ? ai-je répliqué. De quoi veux-tu parler ? Je t'écoute, ai-je ajouté. Mais elle m'a précisé que ce n'était pas le genre de conversation que l'on peut avoir au téléphone. Si c'est pour le cinéma, j'ai fait, je ne suis pas contre. Tu peux y aller aussi souvent qu'il te plaira, cela ne me dérange pas. Je sais, m'a-t-elle répondu, mais ce n'est pas de ça qu'il s'agit. Et bien que j'aie insisté encore, elle ne m'en a pas dit davantage.

Un peu plus tard, tandis que je soignais mon petit orteil, j'ai pensé que c'était un soir idéal pour le compte que j'avais à régler. Il était cependant encore un peu tôt pour cela, et, afin de patienter, j'ai regardé la télé jusque tard dans la nuit. Lorsque je l'ai éteinte, j'ai jeté un coup d'œil par la fenêtre. La rue était déserte et il pleuvait toujours. C'était le moment d'y aller.

J'ai enfilé mes bottines. La gauche, puis la droite, en grimaçant. J'ai mis mon manteau, j'ai quitté la chambre et l'hôtel, et j'ai marché vers la place.

Il y avait, au bout de la rue, un chantier interrompu par le mauvais temps, sûrement, et un petit tas de pavés, que la neige avait découvert en fondant. J'en ai ramassé un, je l'ai soupesé dans ma main et l'ai caché sous mon manteau.

Un peu plus loin, je me suis arrêté devant la boutique de chaussures et me suis assuré que le café de la place était déjà fermé. J'ai regardé tout autour de moi, aussi. Il n'y avait pas âme qui vive, juste un peu de lumière qu'on devinait, ici et là, derrière quelques volets clos.

Alors, j'ai levé mon bras bien haut et, de toutes mes forces, et de toute ma colère, j'ai jeté le pavé en direction de la vitrine.

Par ce geste, ce n'était pas juste ma main qui vengeait mon pied. C'était bien plus que ça. On le voyait, à la façon prodigieuse dont la vitrine avait volé en éclats, combien il était lourd, ce pavé.

C'est au réveil que j'y ai pensé. Comme si l'idée avait attendu toute la nuit, tapie près de moi dans l'obscurité, pour me sauter dessus dès que j'ouvrirais les yeux.

Je n'ai pas traîné au lit. Je me suis levé aussitôt. J'ai tiré le rideau et ouvert en grand la fenêtre et les volets. Il faisait un froid glacial, mais le ciel était d'un bleu comme je n'en avais pas vu depuis bien longtemps.

J'ai regardé ma montre et j'ai d'abord pensé qu'il était encore un peu tôt, peut-être, pour appeler le père Steiger, et puis, je me suis dit que c'était à cette heure-ci, justement, que j'avais des chances de pouvoir le joindre. J'ai donc appelé sans attendre, et je l'ai eu, et lui ai dit que je souhaiterais le voir avec monsieur Beck, ce matin. Il m'a répondu que ça l'embêtait un peu, parce que le jeudi matin il allait à la piscine, d'ordinaire, et que peut-être demain, ou après-demain, plutôt, cela lui conviendrait mieux. J'ai fait comme si je n'avais rien entendu. Dix heures, devant l'église, ce sera parfait, j'ai dit, et je lui ai fait remarquer, au passage, qu'il fallait tout de même avoir un peu le sens des priorités. Il a bougonné, puis comme je ne lui laissais pas le choix, il m'a confirmé qu'il serait au rendez-vous. Avant de raccrocher, je lui ai encore demandé de bien vouloir prévenir monsieur Beck et de ne pas oublier de penser à mon avance, surtout.

Je me suis habillé et suis descendu prendre un petit déjeuner. Juste le temps d'avaler un café, une tartine, et j'ai quitté la salle.

Au rez-de-chaussée, l'hôtelière ne m'a adressé qu'un demi-sourire, un peu forcé. Mon mari vous a préparé la note, m'a-t-elle fait ensuite. Je lui ai demandé de bien vouloir m'excuser encore, pour hier. J'ai dit que j'avais été très maladroit, que c'était impardonnable. C'est moi qui n'ai rien compris, a-t-elle répliqué, avant de me dire qu'elle s'était comportée comme une enfant et s'en voulait. Mais pas du tout, ai-je répondu, quoi de plus normal ? Alors n'en parlons plus, a-t-elle conclu. Et elle m'a souri plus largement. Je voulais vous demander un petit service, ai-je ajouté alors. Pour mon enquête, j'ai précisé. Dites-moi, m'a-t-elle encouragé, je serais ravie de pouvoir vous aider.

Juste en face d'elle, à côté des fauteuils, il y avait un meuble vitré dans lequel étaient exposés quelques vilains bibelots sans intérêt et une poupée de porcelaine, vêtue d'une robe en dentelle. Je me suis tourné vers la vitrine, lui ai désigné la poupée du doigt et lui ai demandé si je pouvais la lui emprunter pour la matinée. J'ai promis d'en prendre soin. Bien sûr, m'a-t-elle fait, mais je peux savoir pourquoi ? Alors j'ai pris le temps de le lui expliquer, et elle m'a dit que je faisais décidément un métier passionnant.

Je marchais à grands pas avec dans la main un sac en plastique qui contenait la poupée. L'air était vif et le soleil brillait. En approchant de la place, j'ai été étonné de ne pas boiter. Je ne ressentais même plus de douleur, tout juste une petite gêne, et me suis dit que ce pavé dans la vitrine m'avait fait plus de bien, encore, que je ne le pensais.

En passant devant le magasin de chaussures, j'ai d'ailleurs ralenti pour mieux savourer la vision de ce grand panneau de contreplaqué qui remplaçait la vitre.

De loin, j'ai vu que monsieur Beck attendait déjà, au pied des marches de l'église, les épaules relevées et les mains au fond des poches de son blouson. Je l'ai rejoint et l'ai remercié d'avoir pu se libérer. Il m'a dit qu'il avait pensé que ce devait être important. J'ai répondu qu'effectivement c'était une étape de plus vers le dénouement. Il s'en est frotté les mains, m'a dit qu'il était impatient de savoir de quoi il retournait. Je lui ai proposé que nous attendions le père Steiger pour en parler. Vous avez vu ça ? m'a-t-il fait alors, me désignant du menton la boutique de chaussures, au loin. Oui, j'ai vu, j'ai dit d'un air désinvolte. Vous ne pensez pas que cela pourrait avoir un lien avec l'affaire ? m'a-t-il suggéré. Cela me surprendrait, lui ai-je répondu. Mais j'irai tout de même voir ça d'un peu plus près, tout à l'heure. Il a eu l'air satisfait.

Et puis, spontanément, il m'a dit que le père Steiger lui avait parlé de la voiture dont j'avais besoin, et que cela l'embêtait beaucoup, mais malheureusement il ne pourrait pas me prêter la sienne, car il ne la prêtait jamais, c'était un principe auquel il ne dérogeait sous aucun prétexte depuis qu'un jour on la lui avait rayée. Vous comprenez ? m'a-t-il dit. J'ai répondu qu'au moins cela avait le mérite d'être clair, et lui ai dit de ne pas s'en faire pour moi, surtout, et que si j'avais un suspect à filer, il y aurait toujours la solution du bus. Je crois, ainsi, lui avoir fait comprendre le fond de ma pensée.

Dix minutes plus tard, le père Steiger n'était toujours pas là. J'ai essayé de l'appeler, mais il n'a pas répondu, et nous avons patienté dix minutes encore, dans le froid, à l'ombre du clocher, avant qu'il apparaisse enfin au loin.

Il approchait en trottinant et semblait dans tous ses états. Il avait dû courir, il était hors d'haleine. L'enveloppe !... m'a-t-il dit, en nous rejoignant. Quoi, l'enveloppe ? j'ai fait. L'enveloppe !... a-t-il répété, en essayant de reprendre son souffle. Eh bien, j'ai dit, que s'est-il passé ? L'enveloppe a disparu ! a-t-il enfin lâché. Et j'en ai eu, moi aussi, le souffle coupé.

Une fois apaisé, il a pu nous expliquer enfin, plus en détail, ce qui s'était passé. Il avait été à la banque la veille, comme prévu, il avait retiré l'argent, l'avait glissé dans une enveloppe qu'il avait posée sur la cheminée de son bureau, en rentrant. Et puis, il y avait une demi-heure, juste avant de se rendre à notre rendez-vous, en voulant reprendre l'enveloppe, il s'était aperçu qu'elle avait disparu. Il l'avait cherchée partout, il avait fouillé son bureau de fond en comble, mais ne l'avait pas retrouvée. Le sacristain paraissait bouleversé, lui aussi, et n'avait de cesse de secouer la tête. J'ai dit que l'affaire semblait se corser, mais qu'elle n'en devenait que plus intéressante. Et j'ai pensé aussi que je n'aurais que plus de mérite à la résoudre.

J'ai réfléchi un peu et j'ai demandé au père Steiger si sa gouvernante était présente au moment des faits. Il m'a dit ne pas comprendre ce que je voulais insinuer. J'ai dit que je n'insinuais rien, que c'était une simple question. Cependant, il s'est presque fâché et m'a rétorqué que cela faisait près de vingt ans que cette dame se dévouait à son service, et qu'elle était au-dessus de tout soupçon. Nul ne l'est, lui ai-je répliqué, croyez-en mon expérience. Et puis, comme il m'a semblé que tout le monde avait besoin de se calmer, j'ai proposé que nous allions d'abord prendre un vin chaud au café d'en face.

J'ai ajouté que cela nous ferait sûrement du bien à tous les trois, ce qu'ils ont reconnu volontiers.

En traversant le parvis, je leur ai dit que je pouvais me tromper, bien sûr, mais qu'il y avait tout de même fort à parier pour que le coupable du vol de l'enveloppe soit le même que celui du vol de l'enfant. Vous voulez dire de l'enlèvement, m'a repris le père Steiger. Oui, c'est ce que je voulais dire, me suis-je corrigé.

Et l'attaque du magasin de chaussures, alors ? a fait le sacristain. L'attaque !... ai-je répété, comme vous y allez ! Ne mélangeons pas tout, s'il vous plaît, l'ai-je prié alors, tout cela est déjà bien assez compliqué.

Une fois réchauffés et détendus, nous avons quitté le café, retraversé la rue et le parvis, grisé, pour ma part, par le vin qui m'était monté à la tête.

Au pied des marches, à l'endroit précis où, il y a quelques jours encore, se trouvait la crèche, je leur ai enfin expliqué l'objectif de ce rendez-vous. Nous allions tout simplement nous livrer à une petite reconstitution des faits. Ils ont eu l'air impressionnés. Mais je les ai rassurés, et leur ai dit que ce ne serait pas bien long, ni très compliqué.

Je leur ai précisé que d'ordinaire cela se pratiquait sur la scène du crime et en compagnie du suspect, mais étant donné que la crèche avait été démontée, ce que je déplorais, et que nous n'avions pas encore de suspect sous la main, nous allions être contraints de procéder autrement.

J'ai mis rapidement les choses en place. J'ai sorti la poupée de mon sac et l'ai confiée à monsieur Beck, en lui demandant d'en prendre soin car ce n'était pas la mienne. Il l'a prise dans sa main en la considérant d'un air ahuri, et m'a regardé, interloqué, sans comprendre à quoi cet objet ridicule allait bien pouvoir nous servir. Je lui ai dit que nous allions refaire exactement le même parcours et les mêmes gestes que ceux qu'il avait faits la nuit de l'enlèvement, lorsqu'il avait mis l'enfant dans la crèche. Ça y est, je comprends ! s'est-il exclamé. Mais l'enfant est bien plus grand que cette poupée, a-t-il jugé utile de me préciser. Au moins deux fois plus grand. Ce n'est pas bien grave, j'ai répliqué, agacé, nous ferons un effort d'imagination. Et je me suis tourné ensuite vers le prêtre. Vous, mon père, si vous le voulez bien, vous jouerez le coupable. Il a acquiescé d'un bref hochement de tête. Et pendant que j'accompagnerai monsieur Beck à la sacristie, ai-je poursuivi, vous vous tiendrez là-bas, au coin de la rue, sans vous montrer. J'ai compris, m'a-t-il dit, et il est allé se poster à l'endroit précis que je lui avais indiqué, pendant que monsieur Beck et moi-même sommes entrés dans l'église.

Une fois à la sacristie, je lui ai repris la poupée, j'ai ouvert le grand placard qu'il m'avait indiqué l'autre jour, puis l'ai mise dans le carton qui avait contenu l'enfant. Ensuite, j'ai refermé le placard, j'ai regardé ma montre et lui ai donné le signal du départ. Il m'a regardé, les bras ballants, sans trop savoir ce que j'attendais de lui exactement. Allez-y, monsieur Beck, j'ai dit en le pressant un peu, faites comme si nous étions la nuit de Noël. Alors il s'est dirigé vers le placard. Il l'a ouvert, puis il a soulevé les rabats du carton. Il en a sorti la poupée qu'il a prise délicatement sur son bras, comme un nouveau-né. Il a refermé le placard, il a éteint la lumière et quitté la sacristie. Je lui ai emboîté le pas et nous avons traversé le chœur, puis le transept, pour descendre l'allée centrale jusqu'à la porte.

Une fois dehors, il a hésité et s'est immobilisé. J'ai compris que l'absence de la crèche le perturbait. Ce n'est pas grave, j'ai dit, faites comme si elle était toujours à la même place, ne vous interrompez pas, surtout. Alors, il a descendu les marches, et là où s'était trouvée la crèche, il a fait mine d'enjamber la corde, il a déposé la poupée sur le sol, s'est immobilisé de nouveau et, à voix basse, m'a précisé que c'était à ce moment-là, en quittant les lieux, comme il me l'avait confié l'autre jour, qu'il avait renversé le berger, mais qu'il aurait aimé qu'il n'en soit pas fait mention afin que le père Steiger n'en sache rien. Entendu, j'ai dit, oublions ce détail, alors. Il a eu l'air soulagé. Puis il a fait comme s'il enjambait la corde pour ressortir de la crèche, il a remonté les quelques marches, il a fait semblant de refermer la porte de l'église à clé, puis il a redescendu les marches, il a traversé le parvis et s'en est allé en direction de son domicile. Et je crois bien qu'il aurait marché jusqu'à chez lui si, juste avant que je le perde de vue, je ne l'avais pas interpellé. C'est bon, monsieur Beck! ai-je dû lui crier pour qu'il m'entende, ça ira comme ça, restez où vous êtes ! Alors, il s'est arrêté et s'est retourné vers moi.

J'attendais maintenant l'entrée en scène du père Steiger, mais celui-ci ne s'est pas montré. J'ai dû l'appeler trois fois avant qu'il ne pointe enfin le bout de son nez, sans savoir si je l'avais réellement appelé ou s'il avait juste cru m'entendre. J'ai regretté de ne pas avoir de porte-voix. C'est à vous ! j'ai crié, allez-y ! Et alors, seulement, il s'est mis à marcher dans ma direction, un peu lentement, à mon goût. Un peu plus vite, s'il vous plaît ! ai-je demandé, un peu plus déterminé ! Alors il a pressé le pas. Pas trop non plus ! j'ai dit. Regardez autour de vous, comme si vous aviez peur d'être vu ! Et c'est ce qu'il a fait consciencieusement. Puis il est parvenu à l'endroit où le sacristain avait déposé l'enfant. À deux ou trois mètres de lui, il a fait semblant d'enjamber la corde. Bien ! j'ai dit. Puis il s'est approché de l'enfant, il l'a ramassé, s'est retourné, et de nouveau il a fait comme s'il enjambait la corde, au point qu'il en a même perdu l'équilibre et que j'ai dû le soutenir pour lui éviter de tomber. Et maintenant ? m'a-t-il demandé ensuite. Cachez bien l'enfant sous votre manteau, j'ai dit, et allez-vous-en. Par où ? m'a-t-il demandé. J'ai regardé rapidement autour de moi et lui ai indiqué la direction opposée à celle qu'avait empruntée le sacristain. Par là-bas, j'ai fait. Et pressez un peu le pas, s'il vous plaît, lui ai-je encore demandé alors qu'il s'éloignait.

Puis, lorsqu'il eut traversé tout le parvis et fut parvenu sur le trottoir d'en face, je lui ai dit que c'était bon comme ça, et que nous en avions terminé.

J'ai aussitôt regardé ma montre pour savoir combien de temps cela avait pris. J'ai sorti mon carnet pour le noter, et décrire scrupuleusement ce que j'avais vu. Et voyant, au bout d'un moment, que le père Steiger et monsieur Beck se tenaient toujours l'un et l'autre, immobiles, à l'endroit où ils s'étaient arrêtés, je leur ai crié, une nouvelle fois, que c'était bien terminé et qu'ils pouvaient revenir.

Pendant qu'ils me rejoignaient, j'ai fini de prendre mes notes, puis j'ai glissé mon carnet dans ma poche. Le père Steiger m'a tendu la poupée que j'ai remise dans le sac en plastique. Je les ai remerciés de leur précieuse collaboration. J'espère ne pas vous avoir fait perdre trop de temps, ai-je ajouté, en tendant d'abord la main au père Steiger. Il me l'a serrée mollement, et j'ai senti qu'il restait sur sa faim. Il m'a demandé si, grâce à ce que nous venions de faire, j'y voyais maintenant un peu plus clair. Mais absolument, j'ai dit. Il faut que je me penche sur tout ça à tête reposée, mais c'est indéniablement un pas de plus vers la vérité. Et comme j'ai bien senti qu'ils étaient avides d'en savoir davantage, je leur ai expliqué qu'au stade où en était l'enquête, aussi surprenant que cela puisse paraître, certains éléments donnaient maintenant à penser que nous pourrions avoir affaire à un professionnel. Ils ont paru pour le moins étonnés. Un professionnel de quoi ? m'a demandé le sacristain, déboussolé. C'est justement ce qu'il me reste encore à déterminer, lui ai-je répliqué.

Ils se sont regardés tous les deux d'un drôle d'air. Le père Steiger a eu l'air embarrassé, il s'est passé la main sur le front, plusieurs fois, et m'a souri. Et dans ce petit sourire que je ne lui avais jamais vu jusqu'alors, j'ai bien cru déceler quelque chose qui ressemblait un peu à de la pitié.

Vous savez, m'a-t-il dit alors avec beaucoup de précaution, ne le prenez pas mal, surtout, mais je voudrais que vous sachiez que si tout cela vous semble trop compliqué, si vous n'y voyez pas d'issue et si, par conséquent, vous souhaitiez jeter l'éponge, en aucune façon, je vous l'assure, ni moi, ni monsieur Beck, ni même madame Kempf, ne vous le reprocherions, soyez-en absolument convaincu.

À ces mots, je me suis senti soudain comme un de ces bonshommes de neige sous la pluie. J'ai bien cru que je me mettais à fondre sur place, moi aussi, et me ramollissais jusqu'à perdre des morceaux de moi-même, tandis que le père Steiger déroulait son discours, imperturbable. Vous avez une femme et des enfants, n'est-ce pas ? a-t-il poursuivi, à qui vous manquez sûrement beaucoup, et qui vous manquent certainement aussi, et ce serait bien compréhensible si vous en aviez assez et que vous décidiez de mettre un terme à cette enquête pour aller retrouver la douceur du foyer. Qui vous jetterait la pierre ? Ce n'est pas monsieur Beck qui me contredira, n'est-ce pas ? a-t-il fait, en lui passant le relais. Je suis bien d'accord avec vous, mon père, a enchaîné le sacristain, d'autant que ce ne sont peut-être que de petits plaisantins désœuvrés qui ont fait le coup. Et ils n'ont tué personne, après tout ! Dieu merci ! a répliqué le père Steiger en joignant les mains et en levant les yeux au ciel. Nous avons d'ailleurs déjà commandé un nouveau petit Jésus pour l'année prochaine, a repris le sacristain. Et je trouve d'ailleurs qu'il est encore de plus belle facture que celui qui nous a été enlevé, a-t-il ajouté, à l'intention du père Steiger.

Une immense lassitude était montée en moi et m'avait envahi. J'avais l'impression de chanceler, et si je n'avais pas réagi à ce moment précis je ne m'en serais sûrement jamais relevé. Dans un sursaut d'orgueil, je suis parvenu à leur jeter, à tous deux, un regard noir, et leur ai dit qu'ils ne manquaient pas d'audace, après tout le temps que j'avais passé ici et les efforts que j'avais produits, de me suggérer d'abandonner si près du but, que c'en était non seulement écœurant, mais suspect, aussi. Et s'ils pensaient parvenir de la sorte, pour je ne sais quelle obscure raison, à me décourager de poursuivre, ils s'y prenaient bien mal et, tout au contraire, ils ne faisaient que renforcer ma détermination. Ils n'avaient encore rien vu. Ils allaient apprendre à me connaître. Tout ne faisait que commencer.

DU MÊME AUTEUR

Aux Éditions du Rocher

«EDMOND GANGLION & FILS», 1999 (Folio n° 3485)
LES ENSOLEILLÉS, 2000 (Folio n° 3651)
CE QUE JE FAIS LÀ ASSIS PAR TERRE, 2003

Aux Éditions Buchet-Chastel

L'ÉTOURDISSEMENT, 2005. Prix du Livre Inter (Folio n° 4418)
L'HOMME QUE L'ON PRENAIT POUR UN AUTRE, 2008
LIBELLULES, 2012 (Folio n° 5706)
J'ENQUÊTE, 2016 (Folio n° 6277)